MARKUS WIDEGREN
ÖGONBLICK AV KAOS

© Markus Widegren 2020
Omslag & inlaga: Markus Widegren
Förlag: BoD, Stockholm, Sverige
Tryck: BoD, Norderstedt, Tyskland
ISBN: 978-91-7969-804-1

"Unfortunately there can be no doubt that man is, on the whole, less good than he imagines himself or wants to be. Everyone carries a shadow, and the less it is embodied in the individual's conscious life, the blacker and denser it is. If it is repressed and isolated from consciousness, it never gets corrected, and is liable to burst forth suddenly in a moment of unawareness."

*— **Carl Gustav Jung***
Psychology and Religion (1938)
Collected Works 11, p.131

Prolog

Lejonungen

Första gången jag förstod att tänder egentligen är till för att slita upp kött var när jag var sju år.

Det var mörkt och höst den där kvällen, minns jag. Blåste hårt och skramlade i fönstren. Jag satt ensam framför teven och det var nån sorts naturprogram. Jag var bara en liten flicka då.

Mitt namn var Jessica Ljungström.

Alltihop känns väldigt avlägset nu.

Min mamma Gabriella och min styvfar Karl var nån annanstans den kvällen. Jag vet inte var. De var säkert inte borta särskilt länge. Men just då var det i alla fall bara jag där i soffan, i mörkret, i vardagsrummet.

Av någon anledning var inga lampor tända i rummet. Kanske hade jag suttit där så länge att det hade det mörknat runt mig. Det enda ljuset, förutom det blå flimret från teven, kom genom fönstret från gatlamporna nere på parkeringen strax utanför lägenheten i det bruna tegelhuset där vi bodde då, innan vi flyttade från förorten, närmare in mot stadskärnan.

Det här var bara några veckor efter det att mamma hade flyttat ihop med Karl.

Jag ville inte flytta. Vi hade det ju bra som det var. Varför skulle vi ändra på det? Jag förstod aldrig varför Karl kom hem till oss och försökte ställa sig in. Än mindre begrep jag varför vi plötsligt skulle bo med honom.

Fast särskilt plötsligt var det nog inte. Min mamma hade träffat honom ganska länge innan och försökt förklara för mig. Jag ville väl inte lyssna. Ville att allt skulle vara som det alltid varit. Jag hade just börjat skolan och tyckte det var nog med förändring.

Det kändes som om ingen brydde sig om mig längre.

Så förmodligen var jag lite ledsen och ensam där framför teven.

Kanske hade jag sett nåt barnprogram innan, eller så ville jag bara ha nån sorts sällskap, höra en annan röst än den som redan då malde runt inom mig. I en värld jag började förstå att jag inte kunde kontrollera kanske jag satt och sökte tröst.

Jag fick motsatsen.

Det var ett naturprogram och en vithårig farbror berättade om djur på den afrikanska savannen. Det handlade om zebror, gnuer och lejon.

Jag har hatat lejon ända sen den kvällen.

Detaljerna i det vetenskapliga har jag förmodligen läst mig till i efterhand, när jag blev äldre. Men jag tror att mannen i bild berättade hur många däggdjur har ett sorts sinnesorgan i gommen som känner av feromoner och kemikalier som finns i luften. Det är till exempel det vanliga katter gör när de gapar och grimaserar i en obekant situation.

Vad fina de är, tänkte jag till en början om de stora gyllene katterna. Jag hade faktiskt önskat mig en katt innan jag såg det där programmet. Men som tur var fick jag aldrig någon eftersom jag var allergisk.

När lejonungarna föds, berättade mannen, präglas

föräldrarna på deras kemikalier som ett permanent fingeravtryck och på så sätt känner de igen sina egna ungar och tar hand om dem.

Jag tänkte att min mamma också känner igen mig på doften. När jag skulle sova brukade hon ligga med armarna om mig och snusa på mitt hår. Hon sa att jag luktade gott. När jag blev större brukade låtsas att jag tyckte hon var lite pinsam men egentligen tyckte jag om hennes kramar och uppmärksamhet. Själv tyckte jag att hon doftade trygghet.

På savannen såg det till en början också tryggt ut.

Det var då det hände.

Hela min värld förändrades.

Fastän det var filmat långt borta på en annan kontinent kunde det lika gärna ha utspelat sig framför mig i vardagsrummet.

Min mage knöt sig medan jag knöt nävarna. Jag förstod vad som var på väg att hända och maktlös såg jag det ske.

Lejonhonan låg och vilade medan de små ungarna lekte med varandra. De var så söta och jag ville ha en själv, jag skulle ta hand om den, den skulle få sova i min säng, jag skulle bära den med mig till skolan i ryggsäcken så den alltid kunde vara med mig.

Då syntes en skugga i gräset långt borta. Sakta smög den sig närmare och närmare. Jag tror det började höras nån sorts otäck musik, eller nåt konstigt ljud. Eller så var det bara något inne i mig som höll på att gå sönder.

Jag ville ropa till lejonmamman att hon skulle stiga upp och springa iväg med sina ungar. Att hon skulle fly.

Jag visste att hon inte hörde mig, ändå mumlade jag till henne där jag satt ensam i mörkret framför teven.

Trots allt som hände mig senare var detta det närmaste en bön jag någonsin bett.

Det var en främmande lejonhanne som närmade sig. Honan upptäckte honom och försökte samla ihop sina ungar. De förstod inte och hon försökte få dem att gå bort från hanen som nu slutade smyga och obevekligt zick-zackade fram mot dem.

Jag försökte titta bort, men jag hörde hur de vuxna djuren slogs, och blicken sökte sig tillbaka. Hjärtat bankade. Det kändes som om jag befann mig i en mardröm, klibbig och våt av svett.

Hanen bet ihjäl ungarna. En efter en.

Slet sönder deras kroppar.

Manen färgades röd av blod.

Honan gick stressat fram och tillbaka, precis utom räckhåll för hanen, men kunde inte göra något.

Den fruktansvärda berättarrösten fortsatte helt känslokallt att berätta hur lejonhannar ibland kan bita ihjäl de andra hannarnas ungar för att på så sätt stoppa honans lakterande och istället göra henne mottaglig för att avla avkomma med hans gener.

Jag grät först för ungarnas skull. De rödkladdiga pälsklumparna som låg livlösa på marken.

Sedan tystnade jag tvärt när insikten slog mig.

Jag var också en lejonunge.

Tyckte Karl också, precis som den främmande lejonhannen, att jag luktade fel?

Skräckslagen sprang jag till mitt rum och stängde

noga efter mig. Jag hittade snabbt nyckeln till min dörr i en skrivbordslåda och låste. Kände på handtaget att det verkligen inte gick att öppna.

Sen tror jag att jag klättrade upp till översta planet i bokhyllan och fick fram de gamla illustrerade Narnia-böcker jag hade fått av mormor.

Därefter är minnet är lite otydligt och suddigt av tårar.

Jag tror att jag satt med en sax och klippte.

Klippte sönder alla bilder med lejonet Aslan.

Det var mörkt och jag var ensam på savannen.

Såg skuggor med tänder närma sig från alla håll.

Tänder är till för att slita upp kött.

Första delen

Duschrummet

Vi hade besvärlig mens båda två så vi var inte med på gymnastiklektionen. Det var i slutet av vårterminen och vi skulle snart sluta åttan. Jag hade varit femton i flera månader och Veronica hade fyllt för några veckor sedan. Det fanns nån sorts rastlöshet i oss båda. Något var på väg att hända. Allt höll på att förändras. Vi höll på att förändras. Jag visste det inte då, men detta var den första av en lång rad händelser som ledde fram till katastrofen i slutet.

Först satt vi en stund på läktaren i sporthallen och såg de andra spela badminton. Sen smet vi iväg. Ingen av oss var intresserad av idrott. Veronica brukade springa förut, där hon bodde innan hon flyttade hit häromåret. Men nu fattar hon själv inte varför, säger hon.

Av någon anledning tog jag med henne tillbaka till omklädningsrummet. Vet inte varför, vi hade ju inte bytt om. Ändå satt vi där en stund och pratade.

Vi var för oss själva och jag kände det där som får mig att vilja bestämma över henne växa inombords. Jag ville ta kontrollen över henne, radiostyra henne, få henne att göra det jag sa åt henne. Jag ville få hennes kropp att vara min.

"Ta av dig kläderna", sa jag och kände att jag log.

"Ja, Jessica", sa hon och klädde av sig. Hon var så snabb. Hon hade övat. På några sekunder stod hon naken i omklädningsrummet. Hennes jeans hängde kvar som en ut-och-invänd klump vid hennes ena fot.

Jag böjde mig ner och drog loss byxorna åt henne. Medan hon stod på helspänn rätade jag långsamt ut dem. Hon rodnade och skämdes över att vara naken, men det var just det hon tyckte om.

Jag tyckte också om det. Det var därför vi gjorde det.

Allt det här, att hon alltid skulle lyda mig, hade vi kommit överens om tillsammans tidigare. Hon kunde säga sitt stoppord om det inte kändes rätt.

Jag tog ansvar och hon var beslutsfri.

Med ett ansvarsfullt tag i hennes hår ledde jag henne in i duschrummet.

"Du är en smutsig liten sak", viskade jag i hennes öra och hon darrade till när hon förstod vad jag tänkte göra med henne.

"Essi, snälla", bad hon när jag släppte och knuffade henne mot duscharna.

"Snälla vad då", frågade jag och fiskade efter hennes underkastelse.

"Snälla Essi!"

"Vad säger du?"

"Snälla Essi, får jag klä på mig?"

"Varför då?"

"Det... det kan komma nån..."

"Du ska springa in där och starta alla duscharna."

Hon svarade med nån sorts gnyende. Hon förstod att jag hade någon mer idé. Så klart jag hade:

"Du ska starta duscharna en och en. Sen står du kvar och räkna högt till tio innan du går till nästa."

Hon darrade redan av att stå oklädd i det kyliga rummet. Att starta duscharna skulle vara som att få en ishink över sig. Hon skulle skrika. Jag skulle le och mana på henne till nästa. Jag skulle känna tillfredsställelse över att se henne pinas. Det går inte förklara. Jag bara kände mig hög av makt när hon gjorde det för min skull.

Men det var inte det plågsamma i sig jag gillade. Om hon slog sig av misstag ilade det av obehag i mig också. Det var just avsikten och hennes accepterande av obehaget som var grejen. Mitt kaotiska inre kände lugn och fokus när hon kved under min kontroll.

Det var inte sadism. Jag skulle aldrig kalla mig sadist. Eller så kanske det var nån sorts sadism, men inte elakt eller sjukt på nåt sätt. Jag vet inte riktigt. För mig var det mer en sorts kärlek som strömmade mellan oss i de där situationerna. Det var en fin och omtänksam sadism. Pulsen slog, kroppskemikalierna flödade. Det var inte romantik, det var en högre nivå av kärlek.

Kärlek+plus, brukade vi säga.

"Ja, Essi", sa hon och ställde sig under den första duschen. Hon såg frågande på mig och jag nickade som bekräftelse.

Sakta tryckte hon på knappen som startade det kalla vattnets strilande.

Hon skrek gällt och instinktivt när det kalla vattnet sköljde över hennes kropp.

Jag rös och kände solen i min bröstkorg växa. Hon gjorde det för min skull. Makten var min. Makten och härligheten, det var nästan religiöst. Jag älskade hennes underkastelse. Det var hon och jag. Världen runt oss upphörde existera. Inget annat spelade någon roll. Det fanns bara vi.

"Stå där tills du räknat", påminde jag henne efter en stund.

Hon fick sitt skrik någorlunda under kontroll och kämpade därefter med att räkna högt och ryckigt innan hon hoppade vidare till nästa dusch.

Där stod hon och samlade sig en aning innan hon såg på mig igen. Jag manade på med en ny nickning. Det fanns fem duschar i rummet. Hon skrek lika mycket för var och en.

Efter att ha räknat under den sista strålen klev hon ut ur vattnet och sjönk darrande ner på knä på kakelgolvet framför mig. Hennes hud var var blek redan från början och kylan hade nu fått henne att anta en blålila ton.

Hon mumlade något och jag frågade vad.

"Tack Essi", lyckades hon få fram mellan sina hackande tänder.

"Tack för vad då?"

"Tack för uppmärksamheten."

Jag smekte hennes kind och hjälpte henne upp på fötter igen. Sedan tog jag fram några buntband av hård svart plast som jag hade i min väska just för såna här situationer. Först fäste jag ihop hennes handleder och sedan fäste jag dem i det robusta röret till duschmunstycket ovanför hennes huvud.

Sedan sjönk jag ner på huk och bet henne på insidan av ena låret. Försiktigt först, sedan sakta allt hårdare. Jag lyssnade på hennes ljud och andning och pausade när jag hörde att jag hittat vad hon kunde uthärda. Efter en stund lugnade hon sig. Det var endorfinpåslaget som nådde ut. Då visste jag att jag kunde bita ännu lite hårdare.

Så fortsatte jag under flera minuter att steg för steg öka smärtan och göra henne hög genom att driva upp hennes endorfinproduktion. Det var ett effektivt sätt att göra någon hög på kroppens endogena kemikalier. Som en sorts förstärkt meditation eller yoga. Smärtan tjuvkopplar signalsystemet. Till slut försvinner omgivningen och det känns som att sväva.

Mitt bett fick hennes kropp att fyllas av en varm och omtänksam drog.

Efter en stund började det värka i min käke av ansträngningen, men det var bara att ignorera. Det kunde ta tio minuter eller upp till en kvart ibland att nå maximal effekt. Hennes belöning för lydnaden var denna njutning.

Tyvärr hade jag missbedömt tiden.

Som tur var kom det bara en tjej, inte hela klassen. Det var Therese Liljencrantz. Hon hade cello-lektion direkt efter gympatimmen på torsdagar och fick därför alltid gå tio minuter tidigare än alla andra för att hinna. Nu stod hon plötsligt inlindad i en handduk i duschrummet och stirrade förvånat på oss.

Bitmärket i Veronicas lår lyste illrött och hon kved lätt, pinsamt medveten om att hon var blottad och fastbunden.

Jag lade huvudet lite på sned, log så vänligt jag kunde och hoppades att jag såg ofarlig ut. Låtsades som om allt var helt normalt.

Therese rodnade och hennes andning förändrades. Jag är bra på att läsa folks sinnesstämning på hur de andas. Bästa lögndetektorn. Hon hade blivit överraskad, men inte rädd. Snarare nyfiken.

Eftersom vår session nu var avbruten tog jag fram en multitång ur min väska och klippte upp buntbanden som höll Veronica fången. Hon skylde sig med armarna och skyndade ut till omklädningsrummet där hon började klä på sig.

Själv stod jag kvar en stund i duschrummet och låtsades att jag lite extra omständligt packade ner tången och de sönderklippta plastbanden i min väska. Jag ville inte fly. Jag ville visa att jag inte skämdes.

Jag hade inte rodnat som Therese och Veronica.

Min kropp var fortfarande uppfylld av makt.

Therese sa inget. Sneglade istället på mig medan hon motvilligt hängde upp handduken på en krok och startade en av duscharna. Kände med handen tills värmen kom innan hon klev in. Hon skrek inte. Tyvärr.

När hon undergivet vände sig halvt bort från mig och började schamponera håret visste jag att jag dominerat även denna situation. Hon skulle inte konfrontera mig och ifrågasätta vad vi hållit på med trots att hon egentligen hade velat. Trots att hon var så nyfiken böjde även hon sig för min vilja.

Först när jag såg att Veronica hade fått på sig sina kläder lämnade jag långsamt duschrummet. Tog ett fast tag om Veronicas handled och ledde henne därifrån.

Nöjd, trots att vi blivit avbrutna.

Jag hade alltid kontroll.

Krateransiktet

Kartan med sömntabletter var tom. Jag insåg det nyss när jag kom hem från skolan utan att ha hämtat ut ett nytt paket. Fan också.

Kära dagbok, det blir det ännu en vaken natt. Måste komma ihåg att köpa nya imorgon istället. Annars blir det ännu en förlorad helg.

Hur gör man för att somna? Ingen aning. Jag har levt i femton år utan att lära mig. Är jämt trött. Drömmer mycket när jag väl somnat. Konstiga drömmar. Fascinerande drömmar. Ofta är jag någon annan och det är något viktigt som pågår. Ibland är drömmarna bättre än mitt liv som vaken och jag vill stanna i drömmen. Men då vaknar jag alltid. Mitt i nätterna, tidigt på morgnarna. Just när drömmen är som bäst är jag tillbaka i mitt rum igen. Allt blir fragmenterat och jag vet knappt vem jag är.

Min sömn är så skör att den spricker när jag rör mig i sängen.

När jag vaknat känns det som om jag aldrig somnat överhuvudtaget. Som om jag bara inbillat mig att jag sov. Tankarna är så tröga att jag kan ligga vaken ganska länge innan jag kan formulera en normal tanke igen. Mitt liv är en enda lång uppförs- och nedförsbacke mellan sömn och vakenhet.

Min mamma kom in i köket medan jag slängde kartongen och de tomma blisterpacken i varsin behållare i sopsorteringen under diskbänken.

"Hej, Jessica", sa hon. "Hur mår du?"

"Bra", svarade jag som vanligt.

"Hur har skolan varit?"

"Som vanligt. Det är inget nytt. Det är aldrig nåt nytt."

"Men har det hänt nåt?"

"Nä, det har inte hänt något."

"Men Jessi-gumman, du ser ut att..."

"Jag har jobbig mens. Hoppade över gympan och vill vara ifred."

Ingen av oss mådde bra egentligen. Och fast vi egentligen stod varandra ganska nära så var det svårt att ta tag och prata. Det fanns så mycket som vi inte hade pratat ordentligt om att vi båda var rädda för hur mycket som skulle välla ut om vi öppnade den dörren.

Så mina dagar förblev hemliga. Jag berättade aldrig vad som pågick i mitt liv. Jag berättade aldrig om mig och Veronica. Om vår överenskommelse. Om vår dynamik. Det var för komplicerat. Jag orkade inte förklara. Som det där som hände tidigare idag i duschrummet på skolan. Min mamma skulle inte förstå. Ingen skulle förstå. Så jag höll tyst. Uthärdade åttonde klass utan att be om hjälp med en enda läxa.

Vi var tre i familjen och alla hade vi våra egna problem att brottas med. Min mamma Gabriella hade bara berättat delar av vad som tyngde henne. Hon höll som sagt det mesta inom sig. Det var nåt konstigt med min styvfar Karl också. Karl Reimann. Mamma tog hans efternamn när de gifte sig. Det slapp jag tack och lov. Fick konstiga vibbar av honom. Han var snäll mot mig men det kändes som om han var falsk på nåt sätt. Som om han bara låtsades. Jag kom inte överens med honom. Ville inte komma överens med honom.

Tack och lov bodde vi i en rymlig lägenhet. Mamma jobbade på en kommunikationsbyrå och Karl var mäklare. Vi hade två nya bilar och dyrare inredning i hemmet än någon av oss egentligen ville ha. Jag tror det var Karl som tyckte det var viktigt att det syntes att vi hade råd. Men jag hade i alla fall ett eget rum där jag gjorde som jag ville. Lägenheten låg ganska centralt också. Så det var väl okej antar jag.

"Har du ätit något", frågade mamma medan hon letade efter en mogen kiwi i fruktskålen.

"Jag är inte hungrig. Kanske tar nåt sen."

"Har du bokat ny tid med Charlotte?"

"Ja, det är klart jag har", ljög jag. Charlotte Priya är min psykolog sedan ett par år tillbaka. Jag brukar träffa henne varannan vecka. Tanken är att hon ska hjälpa mig att hantera mina ständiga humörsvackor och sömnproblem. Jag vet inte riktigt hur mycket det hjälper, men det är bra att ha någon att prata med när det är så svårt med någon annan. Jag kan inte förklara för mamma. Och med Veronica går det inte prata om sånt.

Ingen av dem förstår hur jag mår egentligen. De tror att det mest handlar om sömnproblemen. Men det är nån mer brist i mig. Jag har så svårt med motivationen. Inget är roligt. Allt känns meningslöst. Utom ibland. Vissa saker, som att fota och redigera bilder, då blir jag superfokuserad. Kan hålla på i timmar. Hur kan det vara så? Varför händer det bara ibland?

Mina betyg har alltid varit bra, trots att jag har aldrig riktigt pluggat. Det har funkat ändå. Vi fick göra ett intelligenstest en gång på psykologin. Jag var tvungen att göra om testet för läraren trodde att mina höga poäng var fel. Men det var han som hade fel.

Tänk om jag faktiskt hade orkat anstränga mig inför proven. Då skulle jag haft alla rätt hela tiden istället för bara ibland. Charlotte säger att jag är duktig på att kompensera för mina problem eftersom jag är så intelligent. Jag är väldigt duktig på att låtsas som jag inte har några problem. Duktig på att låtsas må bra.

Varför kallar alla mig duktig? Jag hatar det. Jag vill inte vara duktig. De har bestämt sig för vem jag är. Men ingen vet. De bara förväntar sig att jag ska passa in i deras bild av mig. Så jag döljer vem jag är bakom mina svarta kläder. Kängor med höga sulor, min kära Ellinor's Evil Twin-jacka, japanska huvtröjor med öron, bootcut-byxor med remmar och spännen, och några kjolar i grovt canvas-tyg. Alltihop svart. Jag trivs bäst så.

Det enda jag inte kan dölja är att jag inte kan sova.

Jag lämnade mamma med hennes kiwi och stängde in mig på mitt rum. Slängde mig i sängen, ålade ur byxor och tröja och slängde dom på stolen. Det är bland det bästa jag vet, att lägga mig i sängen sent på eftermiddagen, som om det är läggdags, och sen kunna slappna av och vila med en bok utan stressen över att det faktiskt är sent och jag måste skynda mig att somna.

Jag tog fram mobilen för att skriva till Veronica. Sedan Therese hade avbrutit vår session med buntbanden i duschrummet tidigare under dagen hade jag känt mig lite deppig. Dom-drop kallas det. När man varit hög på att kommendera och kontrollera och sen abrupt kommer ner till verkligheten och vardagen. Det blir som ett bakslag. En maktbakfylla. Det händer ibland annars också. När vi haft stark dynamik mellan varann. Jag blir lite ledsen, fastän det är hon som utsatts för nåt jobbigt. Svårt att förklara. Så jag ville skriva och kolla så hon var okej och hemma i lugn och ro. När jag vet att allt är lugnt med henne känns det bättre.

Men innan jag hann skicka några ord blev jag plötsligt väldigt trött och tvungen att lägga ner mobilen och vila ögonen.

I samma ögonblick insåg jag att det var någon annan i rummet.

Men det var inte en dröm. Det är jag säker på. Så fort somnar jag aldrig.

Jag låg utan att kunna röra mig. Utan att kunna öppna ögonen. Kände täcket som en orubblig tyngd över mig. Då hörde jag ett hasande ljud. Det var nåt tungt som släpade sig fram över golvet. Vad det än var så tystnade det när det insåg att jag hört det. Istället hördes ett svagt gurglande. Som när det sista vattnet rinner ur handfatet. Sedan fortsatte hasandet nedanför sängen.

Någon sorts skrapande ljud hördes nere vid fotänden och jag lyckades öppna en smal glipa mellan ögonlocken. Som halvmåneformade naglar av ljus under de rosa ögonlocken.

Sakta steg en huvudstor och köttig klump upp vid sänggaveln. Som en liten slocknad sol över horisonten. Den var blek och trasig. Påminde om en sönderskalad vit basketboll.

Hela min kropp ilade och jag kände paniken flöda genom mina blodådror. Har ingen aning om jag såg det obehagliga klotet sväva där i flera minuter eller bara några sekunder. Något väste rytmiskt, förmodligen pulsen i mina öron.

Plötsligt vred sig klotet ett halvt varv och ett ansikte dök upp.

Det var ingen slocknad sol, det var en ärrad fullmåne, täckt av berg, hav och kratrar.

Det var ett bländande vitt krateransikte som stirrade på mig med ett ensamt, malplacerat och rödsprängt öga.

Jag hörde hur luft strömmade upp ur min strupe och skapade ett djupt gnyende mellan mina hårt sammanpressade tänder.

Månen steg över sänggaveln och följdes av en lika missformad kropp. En krossad människoform kröp upp över mina fötter. Drog sig fram och upp över mig. Tryckte fast mig under täcket. Tryckte ner mig mot sängen med hela sin tyngd.

Jag anade att varelsen en gång varit en man. Den deformerade kroppen var mycket större och tyngre än mig. Så mitt ljusa gnällande dämpades när den lade sig på mig och tryckte ihop mina lungor.

Krateransiktet hamnade bara några centimeter ovanför mitt och det enda ögat var en infekterad röra som försökte fokusera på mig. I den ravin som förmodligen var dess mun syntes bara splitter där tänderna borde finnas. Dess andedräkt var full av jord och ruttet kött.

Jag var nära att kvävas, men ändå hörde jag hur jag skrek.

En trasig röst vibrerade över mig. Krateransiktets trasiga mun försökte säga något. Men det kom bara ett djupt klagande ljud och inga begripliga ord.

Mitt hjärta slog så hårt att jag trodde det skulle spricka.

I samma ögonblick exploderade ett starkt ljus i mina halvöppna ögon.

Det var taklampan som bländade mig.

Mamma stod över mig och skakade mig.

"Jessica", ropade hon gällt. "Vad är det som händer?"

Jag försökte tala men tungan var som bedövad, främmande i min mun, så jag bara sluddrade. Sen kände jag hur kontrollen rann tillbaka ner som varmt bubblande vatten i min kropp och jag kunde röra mig igen. Jag kunde tala.

"Mardröm", flämtade jag fram. "Det var bara en mardröm!"

"Herregud, vad du skräms, jag trodde det var nåt fel med dig", sa mamma och satte sig ner på sängen bredvid mig. Hennes rädsla gick över till lättnad och jag försökte med gråten i halsen förklara.

"Jag bara drömde. Kunde inte röra mig. Sömnparalys igen."

"Lilla gumman", sa hon lättad och höll om mig.

Vi kramades länge. Hon tröstade mig med sin närvaro. Paniken lade sig och jag började andas normalt igen.

Men även om jag sa det till mamma, så var det inte en mardröm.

Det är jag säker på.

Någon hade varit i mitt rum.

På riktigt.

Badhusparken

En gång såg jag min biologiska pappa. Tror jag. Det var solig vår och jag var så liten att mamma skjutsade mig framför sig i en mörkblå sittvagn. Jag minns hur speciellt de tinande gräsmattorna luktade och det plaskade blött smältvatten runt hjulen på vagnen.

Vi passerade över en lång bro över mörkt vatten på väg in till staden som låg på östra sidan av ett sund. Det här var några år innan det traumatiska naturprogrammet med lejonen och något år innan mamma träffade Karl. Så jag kan inte ha varit mer än fem år.

Min riktiga pappa heter Erik och jag bär hans efternamn Ljungström trots att jag aldrig har träffat honom. Mamma bytte både sitt och mitt efternamn till sitt flicknamn när hon och Erik skiljde sig. Men sen tvingade jag henne att byta tillbaka mitt till Ljungström när jag var tolv. Jag tror det nog är enda gången vi har bråkat riktigt ordentligt. Även om jag inte kunde förklara varför jag ville ha min pappas efternamn så lät hon mig till slut få min vilja igenom.

Något hände mellan honom och min mamma när jag var liten. Hon börjar alltid gråta när jag försöker fråga. Säger att han är farlig. Och min mormor, när jag säger nåt om honom, det är enda gångerna hon blir väldigt upprörd. Så jag har slutat nämna honom. Jag vet knappt hur han ser ut. Men jag undrar förstås vem han är, vad han jobbar med, vad han har för intressen, om han har en ny familj. Har jag några syskon? Är dom som jag?

Framförallt undrar jag förstås om jag har ärvt det

farliga av honom.

Det eventuellt hotfulla var dock inget som gick att se på honom den gången. Under den korta stund jag såg honom så verkade han helt normal. Fast å andra sidan kan jag själv också verka helt normal vid en första anblick. Trots att jag inte är det.

Mamma och jag var på väg genom Badhusparken som låg längs stranden nere vid sjön. Den klafsande fukten under vagnens hjul hade bytts mot vitt, krasande grus och längre fram brusade en fontän. Det var mycket folk ute, alla njöt av det fina vädret efter en lång mörk vinter. Många familjer med barn som sprang omkring. Jag fick syn på en färgglad glassgubbe-skylt som stod vid en kiosk och när vagnen stannade trodde jag att jag skulle få en glass.

Glädjen över detta gjorde att det tog en stund innan jag insåg att mamma hade försvunnit. Hon hade släppt vagnen och lämnat mig bland de promenerande människorna. Även fast jag var så liten tyckte jag det var konstigt att hon skulle ha lämnat mig i vagnen utanför kiosken om hon hade gått in för att köpa glass.

Jag tror små barn förstår direkt när en situation är allvarlig. Det gjorde i alla fall jag. Där och då kände jag mig plötsligt mycket äldre än jag var. Jag glömde alla tankar på godis och glass. Det var första gången jag kände att jag själv behövde ta ansvar för min situation.

Mamma hade försvunnit och jag behövde ta kontrollen.

Jag krängde mig upp till stående i vagnen och höll ett hårt grepp i handtaget medan jag försökte se mig omkring. När mamma inte fanns någonstans i närheten fick jag det bekräftat att något var fel. Hon brukade aldrig lämna mig utom synhåll, knappt ens när vi var hemma i lägenheten. Jag förstod jag var ensam utomhus för första gången.

Denna tanke fick mig samtidigt att inse, utan att kunna sätta ord på det förrän långt senare, att världen omkring mig, och även min mamma, var något som existerade separat från mig själv. Världen var något som fanns utanför mig och jag hade inte något som helst inflytande över den.

Det hade varit en värld av lek och trygghet.

Nu var det plötsligt en ensam och hotfull värld istället.

Jag tror aldrig jag hämtade mig från den insikten.

När jag med bultande hjärta hade klättrat ner ur vagnen sprang jag till kiosken för att se om mamma trots allt hade gått dit utan att jag såg det. Men där fanns bara stora vuxna som trängdes så jag sprang ut igen.

Runt fontänen stod en massa människor och jag banade väg genom dem medan jag kände hur gråten var på väg. Jag ville inte ropa. Jag vågade inte ropa. Fast det var det enda jag ville. Jag ville ropa allt jag orkade, så att hon skulle hitta mig. Men jag var rädd. Rädd att någon annan skulle höra mig. Någon som var farlig.

Jag sprang planlöst bland buskarna och träden i parken. Det kändes mer som om jag var jagad av något än som att jag letade efter någon. Känslan av att jag aldrig skulle hitta min mamma igen var allt som uppfyllde mig. Tårarna gjorde min syn suddig och jag bara fortsatte att springa. Vågade inte stanna. Att stanna skulle vara att ge upp och då skulle det farliga se att jag var ensam och hinna ifatt mig.

När jag hamnade mitt i en grupp människor där några satt i rullstolar tappade jag orienteringen. Det kändes som om jag hade hamnat i en labyrint. Långt senare har jag gissat att det måste ha varit en grupp från ett vårdboende som var på utflykt. Jag blev stående mitt bland dem och letade efter en utväg.

En man i en vinröd vårjacka stod tillsammans med gruppen och tittade intensivt på mig. Det var något konstigt med hans blick minns jag. Efter några sekunder sa han:

"Är det inte Jessica, du som är?"

Just då förstod jag inte hur konstigt det var att han visste mitt namn. Jag tänkte nog bara att mitt namn var så självklart att alla visste vad jag hette. En kvinna, som förmodligen var en sköterska, hukade sig samtidigt ner och frågade om allt var okej. Hon såg att jag grät. Jag blev förvirrad av att vara omringad av främmande människor som pratade med mig och kunde inte svara med några begripliga ord.

Jag gråtkippade efter andan och lyckades till slut stamma fram:

"Mamma... Mamma!"

Kvinnan tog mig i handen och försökte trösta mig. Sa att hon skulle hjälpa mig att leta efter min mamma. Bakom mig hörde jag mannen tala igen.

"Det är Jessica! Att det är, dottern, det vet jag. Hon hälsar på!"

Jag vände mig om och såg honom vinka åt mig medan

jag försökte torka tårarna och se om jag kände igen honom. Jag hann inte titta så länge eftersom kvinnan ledde mig tillbaka mot fontänen. Att hålla henne i handen och att få hjälp av en vuxen gjorde att jag trots allt kände mig lite tryggare. Sakta väcktes ett hopp om att kanske kunna hitta min mamma igen.

Vagnen stod kvar där jag lämnat den och nu när gråten avtagit kunde jag peka och säga till kvinnan att det var min vagn. När vi gick mot den såg jag plötsligt mamma närma sig från andra hållet. Hon fick syn på mig och ropade mitt namn. Jag slet mig loss från kvinnan och sprang mot henne. Det var som om hjärtat slog volter i bröstkorgen på mig och jag började gråta igen. Men av lättnad. Jag hade hittat henne igen.

Hon lyfte upp mig i famnen och höll mig tätt intill sig.

"Lilla älsklingen, varför sprang du iväg", frågade hon. Jag var så glad över att vara i hennes säkra famn igen att jag inte brydde mig om att det ju var *hon* som hade sprungit iväg från *mig*.

Hon tackade kvinnan för hjälpen men när hon såg gruppen av människor som närmade sig bakom henne så satte hon snabbt ner mig i barnvagnen och plötsligt var vi på väg därifrån.

Hela min värld kändes mindre efter det där.

När jag blev äldre och frågade mamma om den här händelsen sa hon att det var jag som plötsligt hade hoppat ur vagnen och försvunnit iväg. Att jag bara varit borta en kort stund innan jag kom tillbaka.

Men jag minns det annorlunda. Det var hon som varit borta. Och det hade inte bara varit en kort stund. Det hade varit ganska många långa minuter jag sprang ensam där i tomheten.

Vad som än hände så tror jag i alla fall inte att hon lämnade mig med flit. Det skulle hon aldrig göra. Något måste ha hänt.

Mannen med den vinröda jackan som visste mitt namn såg jag aldrig igen. Men jag kunde aldrig glömma att han kände igen mig. Att han visste vem jag var.

Det var enda gången jag träffat min riktiga pappa.

Tror jag.

Ryktet

Idag var det tillvalsämnen på eftermiddagen. Jag går media med fotoinriktning. Enda lektionerna som inte är helt meningslösa. Jag jobbade med Sofia Zetterling från parallellklassen som vanligt på labbarna.

Vi trivs tillsammans. Hon är den enda jag känner som är konstnärlig på riktigt. Veronica är alltid misstänksam mot sånt som hon tycker är för djupt och seriöst. Men Sofia har koll. Hon är alltid nyfiken. Utforskar gärna det hon inte känner till. Är varken rädd för djup eller mörker. Det gillar jag.

Sofias mamma, Emma, är konstnär och har ett galleri nere på stan. Det är väl från henne Sofia har ärvt sitt bild-sinne. Sofia vet vad hon pratar om. Det gör att hon är den enda jag blir glad över att få beröm av. Alla andra som säger att jag är en bra fotograf gör det bara för att vara snälla. Eller för att de inte vet bättre. Men hon ser om en bild är bra eller inte på riktigt.

Om inte Veronica hade funnits tror jag att jag varit bästa kompis med Sofia. Jag vet egentligen inte varför jag är vän med Veronica istället. Sofia är snällare och lugnare. Mer chill. Mycket smartare. Bara hon förstår mina skämt. Hon säger aldrig "va?" när jag associerar kring en tanke eller något jag sett. Det går alltid bra att jobba med henne. Vi har samma idéer. Hon är väldigt fotogenisk och trivs framför kameran medan jag trivs bakom.

Så länge jag håller i kameran gör hon som jag säger. Men till skillnad från Veronica så slutar hon lyda när jag lägger undan den. Hon har ingen som helst respekt för mitt kontrollbehov. Ja, hm, det kanske är därför jag har Veronica och inte Sofia som bästa vän. Jag behöver någon som lyssnar och lyder mina order. Någon att kontrollera istället för mitt okontrollerbara själv.

Tyvärr funkar inte Sofia och Veronica med varandra. Veronica säger att Sofia får henne att känna sig dum och Sofia säger att Veronica irriterar henne genom att vara så hetsig hela tiden. Och korkad. Sofia tycker att Veronica är korkad. Men de är smarta båda två, fast på olika sätt. Synd. Annars hade vi kunnat vara en trio. Jag hade gärna haft Sofia mer närvarande i mitt liv.

På lektionen satte vi studioblixtar och fotade modellbilder. Mest på Sofia förstås, men även några andra jag valde ut ur resten av klassen. Det var många som ville bli fotade av mig. Jag skulle kunna ta betalt. På riktigt. Jag vill bli fotograf när jag gått ut skolan.

Jag vill ha egna blixtar. Så jag kan jobba med skuggor och ljus. Jag frågade mamma när jag kom hem senare om vi kunde skaffa ett blixt-kit och hon sa att hon skulle tänka på saken. Det brukar betyda att jag får som jag vill.

När vi slutade för dagen gick jag och Sofia tillsammans en bit längs vägen hem. Hon hade något att säga och efter ett tag kom det.

"Vet du, det går rykten", började hon försiktigt.

"Jaha", sa jag frågande.

"Om dig och Veronica."

"Vad säger dom då?"

"Att ni är ihop."

"Spelar det nån roll?"

"Nej, absolut inte! Det är helt okej... Jag är..."

"Det är vi i alla fall inte. Vi är inte ihop. Inte på det sättet. Inte romantiskt. Vi har nåt annat mellan oss. Vi kelar aldrig. Vi pussas inte."

"Nähä, okej."

"Vi har ett maktutbyte."

"Vad betyder det?"

"Att hon har lämnat kontrollen till mig. Att jag för och hon följer."

"Är det typ som nån sån där BDSM?"

"Typ, fast mest D/s. Dominans och submission. Maktförskjutning kallas det också. Men inget sex. Jag är inte lesbisk. Inte straight heller förresten. Killar är så efterblivna."

"Jag är inte heller intresserad av killar."

"Skönt att slippa hela den grejen. Men du, du måste lova att inte berätta om det här för någon."

"Jadå, jag lovar att inte säga nåt."

"Folk behöver inte veta. Jag har aldrig sagt nåt om det

här till nån förut."

"Var det det ni höll på med i duschrummet igår?"

"Hurså?"

"Therese – Therese Liljencrantz alltså – sa att hon såg er hålla på med nåt där. Hon sa nåt om att du hade satt fast Veronica i en av duscharna med buntband."

"Jag hade glömt bort att hon slutar gympan tidigare för sin jävla cello-lektion."

"Så det är sant?"

"Ja. Vi lekte bara lite", sa jag och tog upp några av de svarta buntbanden i plast som jag hade i min väska. "Jag gillar att sätta fast henne."

"Varför då?"

"Haha, svårt att förklara. Känslan av tillit som uppstår mellan oss. Det släpper loss en massa sköna kemikalier i kroppen. Jag blir pirrig. Som när man var liten och fick binda nån när man lekte tjuv och polis."

"Det har jag aldrig gjort."

"Du kanske borde prova?"

"Ja, kanske det. Try anything once!"

"Det kanske går att ordna."

Sofia begrundade vad jag sagt. Såg varken förvånad eller avskräckt ut. Som sagt, hon var alltid öppen och intresserad av nya saker.

"Sa Therese nåt mer", frågade jag efter en stund.

"Nej, inte hon..."

"Men nån annan?"

"Ja."

"Vad är det mer för skvaller då?"

"Det är om Veronica. Varför hon kom till vår skola."

"För att hennes familj flyttade hit?"

"Ja, men det sägs att det var på grund av henne de var tvungna att flytta."

"Varför då?"

"Det hände nåt på hennes förra skola, sägs det. Nån sorts incident. Hon var tvungen att sluta där. Det var därför de flyttade hit."

"Vad skulle ha hänt då?"

"Vad jag hörde så var hennes föräldrar med i nån typ frikyrka. Veronica var också väldigt aktiv där. Hon skrämde klassen och blev mer och mer psycho. Inbillade sig saker. Babblade konstigt så ingen begrep. Sånt där tungomål. Gjorde illa klasskompisarna och sa att det var straffet för att de syndade."

"Vem har sagt allt det här?"

"Liam Andersson i 8C. Hans mamma, hon jobbar som socialhandläggare eller vad det heter. I alla fall, han säger att Veronica gick på BUP ett halvår innan hon bytte skola och kom hit. Det hade slutat med nån sorts utbrott. Hon fick frispel och skadade nåt barn riktigt illa. Tog sönder hennes ögon. Sa Liam i alla fall. Sen påstod hon att det var inte var hon som gjort det, utan det var hämndens ängel som hade nedstigit."

"Hämndens ängel?"

"Ja, jag vet inte, det var vad han sa."

"Men det är inte sant. Det är bara påhittat för att hon inte är som alla andra. Sluta sprida lögner!"

"Jag sprider inget, jag bara berättar för dig så du ska veta vad dom säger."

"Säg åt dom att det inte är sant då. Det är bara påhitt.

Dom ska inte snacka skit sådär om Veronica. Dom vill bara förstöra för henne. Fy fan."

Först var jag arg på Sofia för vad hon sagt. Men sen tänkte jag att det ju inte var hon som hittat på det. Det var inte henne jag var arg på. Det är ju bättre att ha koll än att inte veta vad de säger bakom ens rygg.

"Jag menade inte att snäsa åt dig", sa jag. "Förlåt. Det är bra att du berättar. Så jag vet."

"Äsch, ingen fara. Jag tänkte det är bra att du vet."

"Ja, det är det ju. Tack."

"Du, det var kul på labben idag. Det blev grymma bilder. Jag ser fram mot nästa vecka!"

"Jag med, det var jättekul!"

Vi skildes åt och jag försökte tränga undan ilskan och frustrationen genom att längs resten av vägen hem tänka på vilken sorts blixtar jag skulle föröka få mamma att köpa åt mig.

Jag vägrade erkänna ens för mig själv att jag egentligen inte visste något om Veronicas bakgrund.

Bortbyting

Hjärtat slog lite extra hårt när jag satte nyckeln i låset och öppnade radhusdörren.

Den främmande doften berättade att det inte var mitt eget hem jag kom till. På något sätt saknade jag den svaga aning av sandelträ som jag tog för given därhemma. Här var det mer artificiella, syntetiska dofter. Som den påträngande citrondoften inne på toan. Jag har alltid försökt hålla mig de få gånger jag varit här på besök tidigare.

Jag ställde ner ryggsäcken på golvet i hallen medan jag tog av mig de något för stora skorna jag gått hit i. De var för stora eftersom det var Veronicas skor. Ryggsäcken var också Veronicas. Liksom byxorna, tröjan, strumporna, behån och trosorna. Runt halsen hade jag hennes halsband med ett silverkors och runt armarna hennes armband.

Hon hade hjälpt mig sminka mig som hon brukade och jag hade sminkat henne som jag brukade sminka mig själv. Jag hade färgat håret mörkare och hon hade färgat sitt ljusare. Använt varandras deodorant.

Till slut hade vi till och med bytt mobiltelefoner.

Vi hade förvandlat oss till varandra.

Vi tänkte byta liv med varandra under tjugofyra timmar.

Det började som ett skämt om att vi var så lika varandra. Men sedan växte det på något sätt till allvar. Vi såg det som ett experiment. Vi ville se om vi kunde komma undan med det. Om någon skulle avslöja oss. Och jag ville att vi skulle utforska det främmande. De delar vi inte visste om varandra. Hur var våra liv när inte den andra var med?

Ett dygn i varandras liv.

När jag fått av mig skorna och hängt upp jackan skakade jag ner mitt utsläppta hår så att det täckte så mycket som möjligt av ansiktet och stirrade ner i golvet när jag gick in i köket. Precis som Veronica sagt att hon alltid gjorde när hon kom hem.

I köket satt Veronicas mamma Anneli vid köksbordet och arbetade med en massa papper framför sig. Hon hade glasögon på sig. Håret uppsatt i en knut. En lång beige kofta. Hon var bibliotekarie, tror jag. En kopp te ångade och på ett fat låg några kanelbullar. Jag kände henne knappt. Veronica tyckte hennes mamma var skämmig.

"Hej", sa hon med en kort blick upp från sitt arbetet.

"Jag har bakat kanelbullar om du vill ha."

"Mm", mumlade jag och försökte gå nonchalant fram till bordet. Som om det var min egen mamma som satt där. Jag tog en bulle och bet en tugga rakt över de snäckformade varven, så som Veronica irriterande nog brukade göra. Sedan gick jag till kylskåpet.

Veronica hade gissat att det var bullar på gång och sagt att jag i så fall skulle ta ett högt glas ur tredje skåpet från höger, fylla det med mjölk och sedan gå in på hennes rum med bullen.

"Hur var skolan idag då", frågade Anneli medan jag fyllde glaset.

"Bra", mumlade jag ner i glaset medan jag drack en klunk av den iskalla mjölken.

"Vad har ni gjort då?"

"Inget särskilt", svarade jag och försökte maskera min röst med att tugga på bullen. Anneli lyfte knappt bilden från sitt arbete och verkade inte upptäcka att jag inte var hennes dotter.

"Skulle ni inte ha presentation på SO-arbetet idag?"

"Jo, det gick bra."

"Vad sa fröken då?"

"Asså, vi har ingen fröken. Det är en lärare."

"Ja, just ja... Tyckte han att du gjort det du skulle?"

"Han tyckte det gick bra. Jag fick poäng över godkänt. Jessica var bäst. Som vanligt."

"Jessica verkar duktig."

"Ja, hon är smart."

Med bullen och glaset i varsin hand gick jag snabbt upp till Veronicas rum på övervåningen och stängde lätt darrande dörren bakom mig. Det fick räcka för ett första möte tänkte jag.

Jag ställde glaset på skrivbordet och lade mig på sängen för att sakta äta upp bullen varv för varv, som jag brukade.

Det var första gången jag var ensam i Veronicas rum. Det kändes spännande och lite upphetsande på något sätt. Som om det var något förbjudet vi höll på med. Jag undrade hur det skulle kännas att klä av sig alla kläderna och vara naken i hennes rum. Att lägga sig i hennes säng utan pyjamas.

Medan jag fikade resten av bullen och mjölken tog jag fram mobilen och messade Veronica.

– Hur går det?

Medan jag väntade på svar tittade jag omkring i rummet. Jag hade varit där ett par gånger, men aldrig riktigt observerat det så noga. Rummet var mindre än mitt eget. Ja, hela deras radhus var nästan mindre än vår bostadsrätt tror jag. Och så låg det lite avsides till. En förort söder om centrum. Jag hade fått åka buss dit. Veronicas familj hade inte lika mycket pengar som min familj.

Inredningen kom mest från Ikea och det var som om

alla de missmatchande möblerna var placerade på fel ställe i rummet. Jag hade aldrig stört mig på det förrän nu när jag var där ensam. Det fanns fler småprylar och fula prydnadssaker än böcker i den lilla bokhyllan. Dessutom låg de få böckerna ner, helt osorterade. Det fanns ingen tanke bakom något. Allt hade bara blivit inkastat som i en hast. Det var städat men det kändes ändå otroligt rörigt i rummet. I hela huset.

Familjen Pettersson hade helt enkelt ingen smak.

Och om jag skulle klara mig här ett dygn skulle jag också behöva bli smaklös. Det ska jag nog klara, tänkte jag medan jag började rätta till böckerna i bokhyllan.

På ett av hyllplanen stod två fotografier. Det första hade en tunn guldfärgad ram och föreställde en äldre man i vit kostym. Han stod framför en öppen dörr med ett leende och höll upp en käpp med silverhandtag som om han glatt hälsade på fotografen. I dunklet bakom honom, innanför dörröppningen, anades en annan person i en mörk kostym på väg ut.

Det andra fotot, infattat i en bredare, missfärgad metallram, var svartvitt och föreställde samma person – fast kanske 40 år tidigare. Här var han en stilig man som stod något framför tre andra personer, en kvinna och två män, som alla var elegant klädda i tidstypiskt mode. De såg allvarliga ut, lite som om de just klivit ut ur en cool agentfilm från 1960-talet.

Dessa båda fotografier var de enda som fanns i hela lägenheten. Annars var det bara målade änglar och inspirerande citat. Jag blev nyfiken. Varför hade de inga andra fotografier? Varför var den här mannen ett undantag? Jag försökte minnas om Veronica nämnt honom någon gång men insåg att hon aldrig pratade om sin familj. Hon avfärdade alltid alla frågor. Sa bara att de var en komplicerad släkt. Jag lyfte på den första bilden och tittade på baksidan. Där stod skrivet med blyerts: *Ásgeir Pétursson* och ett datum för ungefär sju år sedan.

Precis när jag tog upp mobilen för att texta och fråga vem gubben var, kom Veronicas svar på mitt tidigare mess.

– *Din mamma snäll men vad för fel på henne?*

– Vad då för fel?

– *Hon inte ens nära att märka jag inte är du.*

– Hon är stressad.

Fast jag visste vad det egentligen handlade om. Vad som distraherade min mamma. Men jag hade inte berättat för Veronica. Ville veta hur det gick först. Innan jag sa nåt om att hon och Karl försökte skaffa ett syskon åt mig. Det var inte så lätt tydligen. Så jag ville inte prata om det för tidigt för att inte jinxa. Mamma var stressad nog utan att andra skulle bli inblandade och fråga. Så det var hemligt. Jag hade lovat att inte säga nåt.

Vi är också en komplicerad familj.

– *Din pappa undviker dig.*

– Karl är inte min riktiga pappa. Han har aldrig riktigt brytt sig om mig. Är det ingen i våra familjer som känner oss?

– *Bara Elias. Han borde vara hemma gå in till honom och se vad som händer.*

– Ok, hörs sen.

Jag la undan luren och antog utmaningen. Elias var

hennes lillebror. Hennes halvbror, de hade olika mammor. Han var tolv år gammal. Min första tanke var att smyga ut och försiktigt se om han fanns på sitt rum. Sen insåg jag att så skulle inte Veronica göra. Så jag slängde upp dörren och marscherade till den lilla toan på övervåningen, smällde lite i dörren och kissade hårt så det strilade i vattnet så som hon alltid brukade göra.

Först därefter gick jag in till Elias. Han satt och byggde med sitt Lego. En hel stad på ett bord. Ordning och reda och inte sådär kaotiskt som en del bygger sitt Lego. Det var realistiskt och välplanerat. Det gillade jag.

Jag pratade med honom en stund. Minns inte riktigt om vad, kanske om att hans böcker stod upp ordentligt i bokhyllan. Han kändes lugn och det var som om han gjorde mig trygg på något sätt. Han fick mig att slappna av och jag kände mig som en helt vanlig person när jag pratade med honom. Jag kunde sitta nära honom utan att bli stressad. Kanske tänkte jag berätta vem jag var. Att jag inte var hans syster. Men att jag önskade att han var min bror. Så min mamma inte skulle behöva skaffa ett barn till.

Så jag slapp vara ensam och bära hennes smärta.

Jag vet inte om Elias märkte något. Men jag kände att jag egentligen inte ville lura honom. Så jag gick efter en stund. Lät honom vara ifred. Jag ville inte att han skulle drabbas av vår lek. Min och Veronicas samvaro var nog egentligen inte riktigt hälsosam alla gånger. Jag visste att det var något som skavde och klämde inom henne även om jag inte låtsades om det.

Att jag blev så arg på det Sofia sa var nog för att jag

själv inte riktigt visste vad som var sant. Jag undrade också över Veronicas förflutna.

Elias gav mig ett ögonblick av lugn. Som inför en kommande katastrof. Hans liv verkade mycket enklare. Bygga med Lego. Sjunga i kören. Han behövde inte höra om mina problem.

Så jag lämnade honom där, med hans kära stad.

När jag gick ut ur hans rum mötte jag Björn, Veronicas och Elias pappa. Han stod vid trappen, under Ikealampan och låtsades att han höll på med något i en garderob. Jag såg direkt att han väntade på mig. Han kliade sig teatraliskt i sitt korta, mörka skägg och suckade.

"Veronica", sa han utan att riktigt titta på mig. "Har du sett min väska med innebandyklubban?"

"Näe", halvviskade jag för att maskera min röst. Vad var det han egentligen ville?

"Jag ska spela i morgon och hittar den inte. Är du säker på att du inte rört den?"

"Mhm", mumlade jag och försökte gå mot mitt rum. Han stoppade mig. Tittade på mig. Jag försökte hänga med håret framför ansiktet så mycket jag kunde.

"Det var konstigt. Men, okej, jag får leta vidare sen. Nu vill din mor tala med dig."

Det ilade till i hela kroppen.

Veronica hade lovat att hennes föräldrar inte pratade så mycket med henne. Att de mest lämnade henne ifred.

"Vad då om?"

"Följ med mig", sa han och pekade mot dörren till deras arbetsrum. Förväntade sig att jag skulle gå först.

Jag hade aldrig ens varit in i deras arbetsrum. Veronica fick inte gå in där och hon hade aldrig låtit mig titta in heller. Det var en av våra hårda regler. Hon hade respekt för sina föräldrar. Var kanske till och med lite rädd för sin mamma. Så jag fick aldrig utöva min makt över Veronica i hennes föräldrars närhet. Hon hade dessutom sagt att jag skulle undvika dem så mycket jag kunde det här dygnet. Nu kände jag dock att jag inte hade något val.

Arbetsrummet var ganska stort, hade förrådshyllor längs ena väggen och två skrivbord längs andra. Det ena bordet hade en stationär dator med två skärmar. Jag tror Björn jobbade med programmering. Han är en kodapa, hade Veronica sagt nån gång. På det andra bordet fanns en symaskin och några tyglängder.

Mitt i rummet stod även en konstig massagebänk i trä med smala vinröda dynor. Lutad mot bänken stod en avlång väska med en böj längst upp. Uppenbarligen väskan med Björns innebandyklubbor.

Veronicas mamma Anneli stod vid ena bordet och tittade ut genom fönstret. Där fanns en vildvuxen liten uteplats med plaststolar och ett trasigt parasoll. Varför lät de parasollet vara kvar när det var trasigt undrade jag. Det störde mig.

Anneli stod med armarna bakom ryggen. Hon var klädd i svarta kläder. Som om hon skulle gå till kyrkan. Eller just kom därifrån. Veronica pratade aldrig om det, men Sofia hade haft rätt i att de var frikyrkliga.

"Här är vi", sa Björn och stängde dörren bakom oss. "Hälsa din mor nu, Veronica."

Jag kände mig förvirrad. Vadå hälsa din mor? Det var

något konstigt i atmosfären. Något ansträngt. Björn pratade annorlunda. Han kunde vara ganska avslappnad och trevlig de gånger jag träffat honom som hastigast. Men nu var han stel och onaturlig. Hade liksom en annan hållning.

Anneli stod rakryggad där vid fönstret och jag insåg att hon hade makt. Hon hade makt över honom, över hela familjen. Hon bestämde över dem. Som jag bestämde över Veronica.

Hade Veronica alltså två ägare?

Det hade hon aldrig berättat. Då var det därför jag så sällan fick vara nära hennes familj.

"Veronica!"

Björns uppmaning hade en ton som signalerade: *Gör som du är tillsagd annars blir konsekvenserna jobbiga för oss båda.*

"Hej mamma", sa jag och såg både Anneli och Björn stelna till. Det var tydligen fel sätt att hälsa. "Hej, mor", försökte jag snabbt korrigera. Om de var strikta var det mor som var hennes titel. Jag började förstå. Det var ett spel. Ett frikyrkligt spel. Nån sorts uppfostring.

"Kallade du mig mamma", frågade hon utan att titta på mig.

"Jag sa fel, mor", svarade jag tyst. "Förlåt mig."

"Du vet vad jag sagt om att mamma mig."

"Ja, mor".

"Du har ju lovat att följa protokollet."

"Ja, mor."

"Du är bara fri om du följer det vi kommit överens om. Annars måste vi börja träna igen. Måste vi börja träna igen, Veronica?"

"Nej, mor."

"Kommer du att uppföra dig i min närvaro då?"

"Givetvis, mor."

"Så bra, Veronica", sa hon och vände sig om.

Det var säkrast att inte möta hennes blick. Så jag tittade ner och kunde inte riktigt avgöra hennes ansiktsuttryck. Däremot hörde jag hur Björn hade börjat andas grundare än innan bakom mig. Som om han förväntade sig att något skulle hända.

"Får jag se på dig", sa Anneli och tog några steg fram till mig. Hon tog tag under hakan och lyfte upp mitt nedvända ansikte. Strök upp håret bakom öronen och såg rakt på mig. Jag kände mig helt naken.

"Men hur ser du ut!"

Jag tänkte att jag blivit avslöjad och ville bara springa därifrån.

"Du ser ut som en hora med allt det där sminket", utropade hon och drog åt sig sina händer som om hon äcklades av att röra vid mig.

"Nej...", sa jag utan att veta hur jag skulle fortsätta. Jag blev plötsligt rädd. Min och Veronicas lek hade plötsligt blivit allvarligare än jag tänkt mig. Hade Veronica vetat om att det här skulle kunna hända? Hade hon lurat in mig i det här medvetet?

"Är det den där slampan Jessica som lurat dig? Har hon lurat dig att måla dig som en hora?"

"Nej..."

"Svansar hon runt för pojkarna och låter dem ta på henne?"

"Nej, hon..."

"Bjuder hon ut sig som en Babylons sköka? Lurar hon dig att låta pojkarna skända dig? Är det hon som fördärvat dig?"

"Nej, hon är aldrig med några pojkar."

Anneli tystnade förfärat och såg rakt på mig med eld och förakt i blicken.

"Har hon syndat med dig?"

"Nej!"

"Det är onaturligt och syndfullt!"

"Nej, nej, vi har inte syndat!"

"Är det sant?"

"Ja!"

"Lovar du? Vid Jesus Kristus?"

"Jag lovar!"

"Hämta korset, Björn."

Han lyfte snabbt ner ett stort krucifix som hängde mellan de båda skrivborden och gav till Anneli. Hon tog det och höll det en stund hårt i båda händerna. Som om det gav henne någon sorts tröst. Sedan såg hon granskande på mig. Jag ville bara försvinna.

"Veronica, tag emot Jesus Kristus, vår frälsare", sa hon efter några evighetslånga sekunder av tystnad och räckte fram krucifixet.

Jag tog emot det och höll det på samma sätt som hon hade gjort och försökte läsa i hennes ansikte om jag gjorde rätt.

"Du ska svära vid Jesus Kristus."

"Ja, mor, jag svär vid Jesus Kristus."

"Har slampan Jessica syndat med dig?"

"Nej, mor!"

"Låt Jesus döma dig. Ta ner honom i byxorna. Han kommer bränna dig om du bär synd i skötet."

Jag var nu livrädd och förstod inte vad jag skulle göra.

Anneli tappade tålamodet och tog Jesus ur mina händer, tog tag om byxlinningen och tryckte ner krucifixet innanför mina byxor. Jag kände den kalla metallen i själva Jesusfiguren mot min hud.

"Nu svär du!"

"Jag svär vid Jesus Kristus, vår frälsare, att jag inte har syndat med Veronica!"

"Säg det igen!"

"Jag har inte syndat!"

"Igen!"

"Jesus Kristus, jag har inte syndat, jag svär!"

"Jesus, helige Jesus, du som ser sanningen, har flickan synd i sitt sköte?"

Hon grep ett hårt tag om min mun och klämde åt, stirrade vilt rakt in i mina ögon och fortsatte:

"Jesus! Bränn skökan om hon ljuger!"

Jag kände inget annat än skräck och krucifixets hårda kanter skära in i min ljumske. Anneli flåsade tungt framför mig, granskade efter tecken på smärta i mitt ansikte.

"Jesus?"

"Jag är oskyldig", utbrast jag och var nära att börja gråta.

Anneli lade en hand mot krucifixet och tryckte det mot mig. Hennes ögon smalnade av och sedan släppte hon greppet när hon märkte att Jesus Kristus vår frälsare inte brände mitt underliv.

"Åh, Jesus, tack och lov, hon är obesudlad", utropade hon och vände sig om mot fönstret igen. Hon knäppte händerna och verkade mumla en bön.

Jag snörvlade och kämpade mot tårarna.

Efter en stund av Annelis mumlande hörde jag Björns röst bakom mig. Jag hade nästan glömt att han var i rummet och skämdes plötsligt starkt.

"Häng tillbaka krucifixet nu, Veronica", sa han med något jag tolkade som tröstande vänlighet i rösten.

Jag gick fram till väggen medan jag drog upp krucifixet ur byxorna. Såg på den slitna metallfiguren och undrade om den ofta hade varit i kontakt med Veronicas kropp. Hängde upp den på dess krok.

"Tack och lov", upprepade Anneli och avslutade sin bön. "Tack Jesus!"

Hon vände sig mot mig igen och log.

"Jag gläds åt att din renhet, min dotter. Det här är för din frälsnings skull, för din själ och himmelrikets lycka, det vet du va?"

"Ja, mor", lyckades jag svara utan att darra alltför mycket på rösten.

"Känner du Jesus kärlek?"

"Ja, mor."

"Då slutar du sminka dig som en hora från och med nu?"

"Ja, mor."

"Du är vacker så som Gud skapade dig. Skända inte hans skapelse. Lovar du det?"

"Jag lovar, mor."

"Dåså, det glädjer mig, min dotter."

"Tack, mor."

"Då ska du strax få gå tillbaka till ditt rum. Har du läxor att läsa?"

"Nej, inte idag."

"Då kan du sova tidigt."

"Tack, mor", sa jag och började dra mig mot dörren. Björn stod kvar i vägen.

"Då är det bara en sak kvar", sa Anneli och jag frös. Kände verkligen huden knottra sig över hela kroppen.

"Straffet för att du har sminkat dig som en hora."

Jag förstod inte. Veronica var alltid sminkad i skolan. Tvättade hon av det innan hon kom hem? Sminkade hon sig på bussen på morgonen? Varför hade hon inte berättat det innan vi bytte familj? Hon hade ju till och med hjälpt mig sminka mig så det skulle se rätt ut.

"Vad är det för straff, mor", frågade jag utan annan utväg.

"Det vet du. Hämta väskan", sa hon och pekade på innebandyväskan. Jag tog upp den och kände att det var något annat än klubbor i den, som en sorts långa pinnar. En puls gick genom kroppen och jag började förstå vad allt det här skulle leda till.

Anneli tog emot väskan, öppnade dragkedjan och höll plötsligt ett långt ridspö i handen.

Det ilade till i min kropp. Jag hade aldrig känt något liknande. Aldrig hade någon annan skapat en sådan känsla i mig. Aldrig hade jag känt min puls på det sättet.

Och herregud så jag skämdes.

Jag som alltid var så lugn och cool. Nu smälte jag till en pöl av skam. Nu rodnade jag.

"Du måste renas från din synd. Att måla dig är falsk stolthet som sticker i Jesus ögon. Spöet befriar dig från denna last. Dra ner byxorna och ställ dig på bänken."

Hon pekade mot bänken och jag såg att det verkligen inte var en vanlig massagebänk. Den liknade mer en sågbock med en smal, mörkröd dyna högst upp och sedan, lite längre ner, en till dyna på vardera sida. Av hennes gest antog jag att jag skulle ställa mig på knä på den ena sidan, luta mig över den övre dynan och ta stöd på den på andra sidan.

Jag såg på henne och hon såg tålmodigt tillbaka. Jag visste inte vad jag skulle ta mig till. Det var för sent att säga sanningen att jag inte var Veronica och jag förstod att jag inte skulle kunna undkomma situationen på något sätt.

"Gör som abbedissan säger", sa Björn så vänligt han kunde bakom mig. "Dra ner byxorna och ta emot Jesus Kristus pina, så är det över sen."

Jag kastade en kort blick över axeln och såg på honom att han också brukade ta emot Jesus Kristus ridspö. Och att han inte hade något emot det.

Sakta knäppte jag upp byxorna och drog ned dem så lite jag kunde. Sedan knäböjde jag över bänken och hoppades att trosorna skulle få sitta kvar. Jag hoppades att de inte skulle se att jag kissat på mig lite.

"Såja, vad duktig du är, Jessica", sa Anneli och ställde sig snett bakom mig.

Jag hann tänka att det var något som inte stämde med vad hon sa innan jag plötsligt hörde ridspöet svischa i luften ett par gånger och jag stelnade till.

Anneli utbrast oväntat glatt: "Nu kommer Jesus!" och jag kände hur det brände till över stjärten. Rapp efter rapp landade och hon anpassade skickligt styrkan i slagen efter mina ofrivilliga kvidanden så det aldrig blev outhärdligt.

Det var en obeskrivlig känsla. Samtidigt som det gjorde ont vid själva snärten så spred sig en nästan behaglig värme i rumpan.

Jag måste ha varit knallröd i ansiktet. Trots att jag knep så hårt jag kunde kände jag trosan bli allt fuktigare, som om jag kissade på mig igen, jag fattade inte vad som pågick.

Då stannade Anneli upp och lade handen över mina skinkor. Kontrasten mellan slagen och den lätta beröringen fick mig att rysa till.

"Jesus renar dig", konstaterade hon sakligt och klappade mig på rumpan.

Jag skämdes så jag höll på att dö.

"Ta emot honom nu! Jesus! Jesus! Jesus!"

Anneli fortsatte piska mig med spöet medan hon ropade efter Jesus.

Varje rapp blev en aning skarpare skarpare och för varje slag utstötte jag ett gnällande ljud som inte gick att hejda. Jag var väldigt varm och pannan blev blank av svett.

När Anneli ibland pausade lite längre mellan spöklatchen kände jag en våg av endorfiner skölja över mig. Det var ungefär som när jag frigjorde kemikalier i Veronica genom att sakta bita henne hårdare och hårdare.

Och mitt i all blossande skam dök en tanke upp.

Hoppas hon fortsätter.

Det gjorde hon.

Jag tappade räkningen, men plötsligt sa Björn:

"Etthundra slag."

Då tystnade ridspöets swoshande ljud och jag svävade fritt över bänken.

"Hon är renad", sa Anneli lätt andfådd. "Res dig och ta på dig byxorna."

Jag gjorde som hon sa. Kände mig våt över hela kroppen av svett, tårar och vätskor. Stod på darrade ben utan att känna om de verkligen nådde ända ner till golvet. Tyget i byxorna kändes kallt mot min varma stjärt.

"Tacka Jesus nu."

"Ja, mor. Tack Jesus Kristus, vår frälsare!"

"Ge mig en kram nu", sa hon och höll ut armarna.

Jag kramade henne, kände hur jag darrade i hela kroppen. Hon log och smekte min kind när vi skildes åt igen.

"Tack mor", sa jag spontant och neg.

Även Björn log och strök mig över ryggen.

"Vad duktig du var", sa han och lade som en eftertanke till "Veronica" innan han packade ner ridspöet bland de andra i väskan.

Anneli log nöjt och sa:

"Nu är du oskyldig i Jesus ögon. Drick ett glas vatten, borsta tänderna och gå och lägg dig. Du kommer sova gott."

Jag neg instinktivt igen och lämnade rummet. Gjorde exakt som de sa. Drack ett helt glas vatten i köket, smusslade i mig mina sömntabletter och gick sedan in i badrummet. Såg mitt blanka, röda ansikte i spegeln och tog Veronicas tandborste. På något sätt tror jag att jag lyckades borsta tänderna. Men i tankarna var jag någon annanstans.

Tillbaka i Veronicas rum klädde jag av mig och försökte se hur min rumpa såg ut. Den var helt röd och hård, med antydan till mörkröda, nästan lite lila ränder tvärs över. Jag kände pulsen så tydligt.

Jag kröp ner i hennes säng och vred mig försiktigt runt i de svala lakanen tills jag låg på mage.

Det gick inte tänka klart. Jag borde ha varit upprörd över behandlingen, jag borde ha känt mig kränkt och utnyttjad, men det gjorde jag inte. Jag var ju Veronica.

Och Veronica var van att ta emot Jesus.

Hon tyckte om att ta emot Jesus.

Jesus var hennes frälsare.

Veronicas hand låg under mig.

Jag brukade aldrig röra mig själv.

Men nu var jag inte mig själv.

Jag var Veronica.

På så sätt kunde jag ta emot Jesus Kristus.

Han kom till henne.

Jag har aldrig sovit så bra som den natten i Veronicas säng.

När klockan ringde nästa morgon klädde jag på mig och gick direkt till skolan. Jag sa inget till Veronica om vad som hade hänt. Hon såg på mig och förstod ändå. Men vi låtsades inte om det. Pratade aldrig om det. På ytan var allt som vanligt, men inuti hade jag förändrats.

Hade hon lurat mig i en fälla eller gett mig en gåva?

Andra delen

Körövning

Veronica har varit på mycket bättre humör de senaste veckorna. Mycket lugnare och mer avslappnad. Jag hade ju egentligen inte vetat nånting om hennes familj. Och hon hade inte kunnat berätta. Hon hade inga ord för sånt. Så hon var tvungen att visa. Det var så jag valde att tolka det som hade hänt när jag rollspelade Veronica.

Efter familjebytet har hennes förtroende för mig växt. Nu är hon mer hängiven och ivrig att lyda. Som om hon antingen belönar mig eller vill kompensera mig för det som hände.

Min förståelse för henne är förstås helt annorlunda nu. Hennes familj är inte riktigt normal. Om någon familj nu är det. Men nu har jag i alla fall en aning om varför hon är som hon är. Samtidigt undrar jag ännu mer över vad som faktiskt hände på hennes förra skola.

Liams rykten berättade om konstiga religiösa idéer om synd och straff och det var ju precis vad jag såg hemma hos hennes familj. Hade hennes föräldrar eller någon i deras församling lurat eller tvingat Veronica att göra något dumt? Eller var det verkligen bara illasinnade rykten?

Jag var nyfiken. Jag ville veta. Därför tog jag med mig kameran och åkte till kyrkan där jag visste att Elias brukade öva med ungdomskören två gånger i veckan. Kanske kunde jag få honom att berätta om sin syster.

Det gick dock inte riktigt som jag tänkt mig.

Kyrkan där musikeleverna från vår skola brukade hålla konserter var mest känd för sin unika altarbild målad av Hans Hermann Broch på 1600-talet. Sedan förra hösten hade det pågått omfattande restaureringar av fasaden och hela byggnaden hade varit inkapslad i fula byggnadsställningar. När jag kom dit idag märkte jag dock att de hade de tagit ner dem och höll nu tydligen på att renovera insidan istället. De hade öppnat delar av ena väggen och golvet så att man kunde se den gamla kyrkans grund från år 1296 där nedanför.

Besöket blev en smått surrealistisk men intressant musikalisk upplevelse. Ute i vapenhuset, kyrkans förrum alltså, hördes maskiner och hantverkare som slamrade och bankade medan det inifrån själva kyrkan hördes eterisk och vacker körstång.

Jag satte mig nästan längst bak i en av kyrkbänkarna och tog fram kameran. Spanade genom zoom-objektivet och hittade snabbt Elias som stod på första raden, nästan i mitten. Han var körens stjärna. Hade varit med i lokaltidningen flera gånger trots att han bara var tolv år. Han hade talang. Till skillnad från sin syster.

Det märktes verkligen att de bara var halvsyskon. Han saknade hennes hetsiga och lättirriterade humör och verkade mer tillbakadragen och lugn. Däremot delade de nån sorts känsla av ensamt mörker. Som om de båda var föräldralösa och utan framtid. Och ibland... jag vet inte hur jag ska förklara det... Veronica hade nån sorts inre vibration, en uppdämd energi, som om hon var på väg att brista när som helst.

Hon kunde vara på gränsen till farlig ibland.

En gång var det en stor fest med alla klasserna ute på en av de stora öarna i sjön. Där bland träden övertalade hon två mopedkillar att visa sina kön för oss. De spelade macho och tyckte de var häftiga som vågade medan vi tyckte att de var ganska ynkliga. De hoppades nog att vi skulle göra nåt snuskigt med dem. Men då blixtrade det till i Veronicas ögon och innan de hann reagera slog hon dem, hårt, flera gånger, rakt på kukarna så de skrek av smärta.

Killarna vågade aldrig berätta för lärarna vad som hänt, men jag märkte att klassen höll sig ännu mer på avstånd från oss efter det. Vem vet hur många rykten det egentligen gick om oss.

När jag nu såg Elias sjunga förstod jag att han var raka motsatsen. Han var fylld av glädje och upprymdhet. Helt koncentrerad på sången, uppslukad av ögonblicket.

När jag besökte honom på rummet hade han verkat fundersam över något. Han satt stilla och tänkte. Som om han resonerade med sig själv. Veronica var mer utåtagerande och startade ofta munnen innan hon själv ens visste vad hon tänkte säga.

Jag önskade att jag hade kunnat prata mer med Elias. Han var inte lika störig som killarna i högstadiet. De har ett så tröttsamt sätt att kommunicera. Som en flock apor. Ibland undrar jag om inte de flesta killar faktiskt är lite efterblivna.

Men Elias verkade inte ha det där uppskruvade hormonflödet som gjorde honom korkad och högljudd. Med honom behövde jag inte skydda mig mot vare sig hungriga blickar eller tafsande händer.

Jag insåg att jag ville träffa honom igen. Men han var Veronicas lillebror och tre år yngre. Det skulle bli konstigt. Jag skulle tappa respekt hos henne om jag hängde med hennes töntiga lillebror. Och så skulle hon bli svartsjuk och aldrig lämna oss ifred.

Jag förstod att jag var fångad av sociala regler. Jag som inte tålde när nån sa åt mig vad jag skulle göra. Jag som tyckte att jag var fri och gjorde som jag ville. Det är svårt att leva efter andra regler än alla andra, hur mycket man än vill. De mäter mig med sin måttstock och då spelar det ingen roll vilken skala jag har på min.

När jag såg honom där i kyrkan förstod jag att han aldrig skulle berätta vad som hade hänt Veronica. Eller egentligen hade jag nog vetat det hela tiden. Han var inte en person som skvallrade. Min plan att få honom att skvallra hade kanske bara varit ett svepskäl för att komma hit och smygtitta på honom medan han sjöng. Det korta mötet på hans rum hade gjort intryck.

Jag tog några bilder med kameran, på kyrkan och kören, för att liksom motivera min närvaro. Om nån undrade vad jag gjorde där kunde jag säga att var där för att fota. Det är ett smidigt sätt att motivera varför man är på ett ställe där man inte borde vara. Det har jag använt mig av många gånger.

Då insåg jag att det var något konstigt som pågick runt mig.

Kören började sjunga men tappade takten och kom av sig. Rösterna tonade ut och tystnade. Sedan började de om igen. Bara för att hamna snett och falskt igen. De började om igen och det kändes som om jag hade fastnat i en tidsloop. Som om tiden hoppade tillbaka om och om igen.

De tidigare så harmoniska rösterna föll nu samman till individuella sångare som försökte överrösta både varandra och hantverkarnas rytmiska bankande med sina improvisationer. Det kaotiska bruset av de många konkurrerande rösterna gjorde mig illamående och sopranernas skärande röster ilade genom min kropp.

Yr i huvudet reste jag mig upp och försökte hitta ut ur kyrkan medan jag blundade. Allt ljus färgades rött genom ögonlocken och jag snubblade mot dörrarna bakom mig. En konstig lukt slog emot mig och jag svalde magsaft som ville ut. Det skärande ljudet av en borrmaskin som höll på att gå sönder växte sig allt starkare och försökte dränka körens dissonanta skrik.

Trots att jag hade ögonen stängda märkte jag att någon rörde sig fram mot mig. I det röda töcknet anade jag en svart silhuett som stod tätt intill mig. Jag kände lukten av eld och rök, som av brinnande elektronik, och djupa andetag väste i mina öron. Först trodde jag att ljudet kom från den mörka skepnaden framför mig. Sen förstod jag att det var mina egna lungor som kämpade efter luft.

Jag blinkade med ögonen men såg bara ett kaos av färger och suddiga rörelser över mig. Det kändes som om jag höll på att drunkna i ett hav av fäktande armar. Sedan såg jag ansikten. Hundratals ansikten som stirrade ner på mig. Jag försökte ropa på hjälp. Jag ville be Elias att hjälpa mig. Men det enda som hördes var mina rosslande försök att kippa efter luft.

Sedan hörde jag en faktisk röst som talade till mig och det fick mig att komma till sans igen. Jag lyckades fokusera blicken och såg hur körledaren stod böjd över mig med resten av kören i en nyfiken cirkel runt mig.

Jag låg på golvet och grät.

Vilken tur att ingen ur min klass var med i kören. Jag ville inte att någon av dem skulle se mig sårbar och maktlös. Ingen fick se mig utan kontroll.

När jag efter en stund slutade hyperventilera lyckades jag ta mig på fötter. Körledaren stödde mig medan jag halvt i panik raglade genom byggslamret i vapenhuset och tog mig ut mot ljuset som strålade in genom de öppna kyrkportarna.

Det starka solskenet därute tvingade mig att blunda igen och genom ögonlocken blev allt blodrött.

Jag tänkte förvirrat att ljuset är min fiende.

Mörkret är mycket tryggare.

Släpp min hand. Låt mig falla.

Statyetten

Plötsligt idag stod en underlig liten statyett hemma i bokhyllan. Den var snidad i svart, mattblank sten och föreställde en stilistiskt snidad människa i en stil som påminde om en sån där afrikansk trämask. Upp ur den drygt decimeterlånga människokroppen växte det en nästan lika stor, toppig svamp. Det måste ha varit något speciellt med den lilla svampmänniskan eftersom den fick en plats bland mammas få och mycket noga utvalda prydnadsföremål.

När jag kom in i vardagsrummet slog jag på stereon och startade min favoritskiva *Tjitchschtsiy (Sudêk)* innan jag slängde mig i soffan. Det var ingen annan hemma och jag tänkte skriva lite i min dagbok. Jag var väldigt trött och ofokuserad efter skolan. Tankarna virvlade omkring i kaoshjärnan så jag inte kunde koncentrera mig.

Så istället för att skriva drogs mina ögon hela tiden tillbaka till statyetten i hyllan. Den stod mellan en gråsvart japansk skål vars sprickor lagats med guld och en gammal mässingsklocka infattad i en låda av mörkt trä. Den hade uppenbarligen fått hedersplatsen i mitten.

Först såg figuren så overklig ut att jag var tvungen att gå fram och röra vid den. Ytan kändes kall fast det var varmt i rummet. Och fast den bara var en dryg decimeter hög var den ganska tung.

Jag tog den med mig tillbaka till soffan. Trots att den såg ganska gammal ut så kändes den mjuk och len. Förutom några grova ränder som löpte runt människans armar och hals, samt i ringar runt svampens hatt. Det var som om inlägg av något annat material hade skrapats loss.

Ansiktet var stiliserat, men såg ut att blicka uppåt i nån sorts extas. Kroppen var oklädd. Svampen var toppig som en kyrkklocka.

Det var något speciellt med statyetten. Jag kände en vibration i bröstkorgen, ett pirr, som om jag blev ivrig, som om den gjorde mig upprymd. Som om jag mötte en gammal god vän. Det var en underlig känsla. Jag hade inte känt mig så glad på länge. All oro inom mig tystnade och jag hörde mig själv sucka djupt medan jag slappnade av där i soffan.

När jag lutade mig tillbaka och slöt ögonen ställde jag statyn på bröstkorgen där den stod stadigt och följde mina andetag upp och ner. Det var som om den själv höll balansen och jag kunde släppa den med mina händer.

Efter en stund insåg jag att jag kunde jag se statyn klart och tydligt framför mig – fastän jag kände att mina ögon fortfarande var stängda. Varje detalj i den slipade svarta stenen framträdde med full skärpa och sakta såg jag även resten av rummet runt mig framträda. Trots att jag blundade.

På något sätt var det som om jag alltid haft denna förmåga, men först nu förstått hur jag skulle använda den. Att se utan att använda ögonen kändes helt självklart.

Det var guld som saknades, förstod jag plötsligt. De bortskrapade skårorna på statyn. Jag såg det tydligt nu. Ringar av glimmande guld, som kondenserade solstrålar. Hela statyetten var skinande blank och nypolerad.

Jag flyttade den längre och längre ner på kroppen så att den skulle stå mer stilla medan jag andades. Till slut kände jag dess tyngd över mitt venusberg.

Egentligen har jag nog aldrig identifierat mig som tjej. Inte som kille heller. Jag skulle kunnat ha vad som helst mellan benen. Jag känner mig ändå som något annat. Mittemellan liksom. Så har jag alltid känt det. Men jag har ändå oftast klätt mig som tjej. Sminkat mig och följt reglerna. Mest för att det har varit enklast så. Det är lätt att falla in i mallen för hur man förväntas uppföra sig.

Hade min kropp varit mer maskulin till utseendet hade jag väl uppträtt mer som en kille.

Nu låg jag där med statyetten som en stenhård fallos glittrande i solljuset från vardagsfönstret och önskade att den var på riktigt. Jag tänkte att den skulle kunna ge mig makt. Som om den skulle vara en magisk stav och jag skulle kunna förändra världen med den.

Det var varmt i rummet och jag började svettas.

Samtidigt kändes det som om statyetten inte riktigt var en statyett längre. Den var plötsligt en del av mig. Utan att det kändes ett dugg konstigt växte den vajande upp ur mitt skrev. Som om den alltid funnits där.

För några minuter var jag någon annan.

Sedan slog jag upp ögonen och kisade i det skarpa motljuset från fönstret. Rummet såg ut ungefär som jag sett det medan jag blundade. Perspektivet var lite annorlunda och skuggorna var mörkare. Dessutom såg jag att det varken fanns någon köttig kuk eller statyett av sten därnere. Bara min tomma hand som grep i luften.

Hur skulle min relation till Veronica ha sett ut om jag varit en kille? Skulle hon fortfarande vilja ha det vi hade nu? Skulle vi haft sex med varandra då? Eller skulle vi inte haft nån relation alls?

Fastän jag var fullt påklädd kände jag mig naken och började bli orolig över att mamma eller Karl skulle komma hem. Så jag var bara halvt vaken när jag kämpade mig upp ur soffan och tog mig till sängen mitt rum istället.

Osäker på om jag verkligen hade ställt tillbaka statyetten i bokhyllan.

LV216

Det skulle vara ett rejv i ett övergivet hus utanför stan. Rytmisk elektronisk musik och dans hela natten. Veronicas kusin Maria hade på något sätt fått tag på biljetter och vi fick varsin. Det var små mörklila kort, som visitkort ungefär, med numren 101 och 102 stämplade med vit färg. De såg i övrigt tomma ut, men texten var tryckt med färg som bara syntes i ultraviolett ljus.

108@LV216 3/6 22.00
Förhöjd dansupplevelse med Molly på över-
våningarna. Avslutande ritualen i arbetet
med att nå Elysion i samarbete med Luna
Zarya i källaren. Delta på egen risk. Rören i
huset funkar inte, ta med eget vatten!

Huset vi letade oss fram till var ett gammalt trevåningshus mitt ute i ingenstans. Det verkade ha stått övergivet ganska länge. Den trasiga fasaden var gulbrun som när man spyr gammal galla. Låg inte långt från en liten sjö där jag tror jag varit och badat någon gång tidigare.

Det hade börjat skymma en aning och när vi kom dit hördes hög elektronisk och rytmisk musik därinne. Man såg knappt att det var något som pågick nåt i huset. Bara några killar som stod och rökte gräs en bit från ingången. Veronica tyckte vi skulle fråga om vi fick smaka, men jag ville inte. Hon kallade mig fegis och skrattade tills jag gav henne en hård örfil för att påminna om hennes plats.

Innan vi gick in drack vi det sista ur vinflaskan vi hade

fått tag på. En skeptisk kille vid dörren kollade noggrant biljetterna med en UV-lampa innan vi fick komma in.

Folk dansade överallt. En del färgade lampor var upphängda här och där, men i allmänhet var det ganska mörkt. Vi var klart yngst av alla som var där. Vi trodde att vi hade fixat oss så ingen skulle märka det. Men en av arrangörerna kollade in oss ganska snabbt. Det var en tjej med blonda rastaflätor. Svårt att gissa hennes ålder, kunde vara vad som helst mellan sexton och trettiosex. Hon hade en massa arm- och halsband och en tröja med det glittriga trycket: *"Queer are you?"*

Hon hette Alexandra. Frågade hur gamla vi var. Genomskådade vår lögn, men kollade ändå bara att vi hade vattenflaskor med oss och sa att vi måste komma ihåg att dricka mycket. Förmanade oss att hålla oss ifrån källaren och komma till henne, eller hennes kompis Jonathan, som var DJ:n, om vi behövde hjälp. Sa att vi skulle kalla henne Alex. Hon var den coolaste jag träffat. Jag vill bli som hon.

Vi kollade in första våningen eftersom vi lovat att hålla oss ovan jord. Högtalare överallt i hela huset. Det gick knappt prata. Jag höll i Veronicas hand och ledde henne runt. Hon följde duktigt.

Jag försökte ha koll på stämningen och om vi behövde vara försiktiga. Det kändes lugnt. Inte alls som en kväll nere på stan. Det fanns ingen alkohol här vad jag kunde se. Alla var bara glada och dansade och kramades. Jag gillar egentligen inte alkohol. Dricker bara för att orka vara social, för att inte bli stressad när det är många människor omkring mig. Folk blir så dumma av alkohol.

Som djur. Men här såg jag inget bråk. Inget var hotfullt. Inte förrän det som hände i slutet av kvällen.

Jag släppte greppet om Veronica och vi dansade lite. Gick omkring lite. Pratade lite med folk. Efter ett tag kom vi ihåg att det fanns fler våningar. Så vi gick uppför trappan i det förfallna trapphuset.

På våningen ovanför var musiken än mer intensiv och de hade riggat både stroboskop och UV-ljus som effektfullt lyste upp kläder, ögon, tänder och annat vitt. Vi borde ha skaffat glowsticks, tänkte jag.

Det var flera mindre rum häruppe och i vissa av dem hade husets kvarlämnade möbler – bord, stolar, skåp, sängramar av metall, äckliga madrasser och en massa annat – staplats för att ge plats åt de dansande.

En tjej kom fram och försökte prata med mig men musiken var så hög att jag inte hörde vad hon sa. Jag tror hon hette Molly. Hon skrattade och tecknade åt oss båda att hålla fram händerna. Sen sa hon något mer, vinkade och försvann i vimlet.

I våra händer höll vi en varsin liten fyrkantig, ljusgrön tablett.

Veronica blev väldigt glad och svalde den direkt med några klunkar vatten. Sen tittade hon ivrigt på mig.

Om jag bangade skulle jag tappa för mycket i status gentemot henne, det förstod jag. Så jag svalde tabletten. Fast jag var så nervös att jag glömde skölja ner den med vatten. Den smakade väldigt beskt och jag kände hur den långsamt gled ner genom halsen.

Sen gick vi ut i buskarna och kissade. Veronica var upprymd. Jag var lite orolig. När vi var klara gick vi upp på andra våningen och dansade igen.

Efter ett tag kände jag hur jag darrade i benen och hela min kropp var liksom lättare än nånsin. Kaoset i min hjärna – det brusande vilda havet av tankar – hade utan att jag märkt det dämpats och låg nu som en spegelblank sjö. Det var lugnt och stilla i mitt huvud för första gången någonsin. Jag kände mig så avslappnad och tillfreds att jag började skratta.

I hjärtat kände jag en stark glädje och när jag såg Veronicas ansikte tyckte jag att hon var skinande vacker. Som en alvdrottning. Det var som om Galadriel dansade framför mig och jag kände en stark tillgivenhet bubbla i bröstkorgen. Jag såg att hon också skrattade och vi kramades euforiskt medan vi dansade.

Vi kysste varandra för första och enda gången där på dansgolvet. Det kändes bara så rätt just då. Det var mer en stark känsla av vänskap och samhörighet än något sexuellt. Det var ett sätt att dela lyckan helt enkelt.

Och vi dansade, dansade, dansade. Jag har aldrig dansat så mycket. Musiken var överallt, som om den var själva huset, som om vi var i en annan värld. Hemma fanns inte, skolan fanns inte, inget annat fanns, inte ens mina trassliga tankar. Allt var bara här och nu. Och allt var kärlek.

Bland alla dessa okända människor var jag lycklig för första gången i mitt liv.

Efter en timme satte vi oss ute i trapphuset, alldeles vid ingången, där musiken inte var så högljudd. Vi vilade, drack vatten, kramades lite.

Veronica var rosig på kinderna och svettig, fortfarande

väldigt vacker, skimrade, leende.

Hennes rastlöshet och oro var också borta. Jag hade aldrig sett henne så avslappnad. Hon var annars som ett vilt djur som aldrig riktigt blivit tamt. Jag hade alltid koll på henne, såg hennes tecken och signaler, och när det började spraka i hennes hjärna tog jag tag om hennes uppmärksamhet och ledde henne in i säkerhet igen.

Hennes impulsivitet var farlig, det hade jag förstått. Men det spelade ingen roll. Bara vi fick vara lyckliga tillsammans.

Och lyckliga var precis vad vi var just då.

Jag var så glad att hon satt där på trappsteget under mig.

Hon såg ut som en ängel.

Det var det perfekta ögonblicket.

Om jag fick önska att något skulle vara för evigt så hade jag valt där och då.

Och om vi hade gått hem direkt efter det hade jag kunnat minnas hur vi satt och kelade där i trappan som ett lyckligt minne.

Istället gick vi ner i källaren och allt föll sönder.

Det var som om vi steg ner i helvetet och efter det kom vi aldrig upp igen.

In genom ytterdörren kom en, bland alla dansande ungdomar lite malplacerad, äldre man med kort grått skägg, sliten svart kostym och en stor hatt. Han tog av hatten och när han trängde sig förbi oss hörde jag honom prata med en yngre kvinna som följde efter honom. Han sa att Molly nu var i full effekt och att det var dags för ritualen nere i källaren, att det var dags att tränga djupare in, gräva tunneln från Zirzamin till Elysion.

Eller något liknande, jag minns inte exakt.

När jag hörde att något skulle hända nere i källaren glömde jag att Alex hade sagt till oss att hålla oss därifrån. Uppe på våningarna fortsatte de flesta dansa, men jag såg hur vissa personer, oftast med en lite annan klädstil än de andra dansande, målmedvetet var på väg nedför trappan. Jag blev som vanligt nyfiken och ville veta vad som skulle hända. Så vi följde förstås med ner.

Musiken och stämningen var helt annorlunda nere i källaren.

Det var en annan sorts människor därnere. De glada och extatiska hade stannat däruppe. I källaren hade de mer allvarliga samlats. De var fokuserade något sätt. Alex och Jonathan var här också.

Alla dansade förstås även här, men rytmerna var mer komplicerade, och det pågick något mer i musiken än bara en takt att röra sig till. Det var som om det fanns ett syfte i musiken, den ledde de dansande på ett sätt, fick dem att röra sig på ett visst sätt.

Jag ville förstå musiken. Det fanns något i den, som om den var en ekvation att lösa. Veronica var inte så intresserad och hade nog gått tillbaka upp igen om inte jag dragit med henne in bland de dansande.

Sakta sögs vi in i musiken som om den vore arkitektur. Vår dans var ett sätt att ta sig genom dess rum. Den styrde oss och vi följde. Den synkroniserade hjärtslag, andetag och tankar efter dess struktur. Musiken var nu mer som instruktioner snarare än bara rytmiska ljud.

Vi var inte enskilda individer längre. Vi var upplösta

och förenade i en enda dansande massa. Vi var en vätska av människor som böljade fram och tillbaka. Vi var en sammanhängande helhet – mer omfattande än var och en av oss kunde överblicka.

Källaren var mycket större än jag trodde. Hela gruppen av dansande flöt inåt, från det stora yttre rummet, förbi ett par mindre rum, genom ett kaklat rum med två stora gamla badkar i, vidare in under blinkande lysrör, genom dörr efter dörr, rum efter rum, förbi trasiga möbler och gammal teknisk utrustning, mellan betong, rör och kablar som omslöt oss, tills jag förstod att vi inte var kvar under huset längre.

Utan att vi märkt det var musiken långt borta och nästan ingen dansade längre. Runt oss började människorna sprida ut sig i korridorer och gångar, fokuserade och mumlande någon sorts mantra. Det var som om de visste vart de var på väg. Jag började däremot känna mig vilse och höll hårt i Veronica för att inte tappa bort henne.

"Gå inte för högt upp första gången", minns jag att den sista killen vi såg sa till oss innan han tecknade en sorts symbol med handen och försvann runt ett hörn.

Ett tag var det som om vi gick i en förfallen militärbunker. Väggarna var rå betong och själva korridorerna var labyrintiska, inga räta vinklar och små dörrar och luckor överallt. Sedan började väggarna vara målade med flagnade färger och enkla mönster som påminde om kulvertarna i ett sjukhus.

På något sätt kände jag igen mig. Jag hade drömt om såna här korridorer så länge jag kan minnas. De återkom ofta och i drömmarna tog de aldrig slut. Jag blev aldrig av med dem. Nu tänkte jag att jag äntligen hade chansen att få veta vad som fanns längre fram. Så jag drog med mig Veronica framåt, vidare och uppför trapporna som blev fler och fler. Betong och metall, raka och spiralformade, ständigt tog vi oss uppåt.

Den kemiska glädjen inom oss hade nu avtagit och vårt upprymda humör gav nu för första gången vika för en känsla av obehag. Det var som att gnida händerna över en gnisslande ballong så det ilade i hela kroppen.

Runt oss hördes olika mekaniska ljud, som om det på andra sidan väggarna fanns stora maskiner som mullrade och slamrade rytmiskt.

Mina kaotiska tankar satte igång sitt snurrande igen och jag började bli orolig. Det var något som inte stämde. Var befann vi oss? Vad var det för konstig byggnad vi hamnat i?

Det kändes som om vi var någonstans där vi egentligen inte fick vara. Som om vi var på förbjuden mark och det började ila i nacken på mig. Jag såg på Veronicas ögon att hon hade blivit rädd. Hon hade aldrig varit rädd tillsammans med mig förut. Jag blev än mer orolig av att se henne så.

Vi omslöts av känslan av att något hemskt skulle hända, att vi inte kunde komma undan, att vi inte var ensamma, att något bevakade oss, att vi befann oss i omedelbar livsfara.

Veronica var säker på att hon hörde någon röra sig längre bort, alldeles utom synhåll. Hon sa att det var någon sorts varelser, skuggor, skepnader, som bevakade oss, följde efter oss, och efter en stund såg även jag rörelser långt bort i den underliga miljön.

"Det är inte människor", sa hon och verkade livrädd. "De arbetar med något äckligt här, de är inne i hjärnan och opererar sönder själarna på folk!"

Vi kom fram till en hiss med väggar av rostfritt stål och gick in i den. Jag tryckte på någon av de många våningsknapparna. Hissen rörde sig stadigt uppåt. Den verkade säker. Dess metallhölje skyddade oss mot den känsla av illvilja som fanns utanför dess väggar.

När vi kom ut igen befann vi oss inne i något som verkade vara ett gammalt sjukhus. Väggar med mörka färger, mörkbruna trädetaljer och högt i tak. Skyltar på ett annat språk. Gröna kirurger och vita sköterskor rörde sig i korridorerna. Enstaka sängar med patienter drogs gnisslande förbi.

Det var inte ett normalt sjukhus vi hamnat i. Alla vi mötte var helt tysta och rörde sig underligt, ryckigt och stelt, som om de var ovana vid att kontrollera sina kroppar. Patienterna verkade vara ännu räddare än vi var. Deras förtvivlade blickar stirrade hjälplöst på oss. Tystnaden i deras vidöppna munnar var nästan värre än om de faktiskt hade skrikit.

Vi passerade genom många stora salar, sporadiskt lysrörsupplysta, fyllda med grönblått ljus. I varje sal stod långa rader av sängar med patienter kopplade till olika primitiva medicinska maskiner. De bleka kropparna var nyopererade och vissa av dem var fortfarande öppnade och uppspärrade med krokar och hakar så att man såg rakt in i deras kroppar.

"Dom lever men hålls döda av maskinerna", viskade Veronica allt mer hysteriskt. "Det är inte ett sjukhus, det är ett dödshus. Vi måste härifrån innan de öppnar oss också. Dom kommer rensa oss som fiskar, skära bort själen, könsstympa oss, sterilisera oss!"

Hissen var försvunnen sedan länge och vi skyndade fram genom förvirrande korridorer med en växande känsla av panik.

Till slut kom vi in i en starkt upplyst sal med vitkaklade väggar. Det verkade vara en stor operationssal med så högt i tak att väggarna sträckte sig uppåt genom flera våningar mot ett ljus som var så starkt att det knappt gick se själva taket. Genom fönster långt däruppe skymtade vi lysande figurer som tittade ner på oss.

Det är svårt att beskriva hela vidden av den fasa vi såg.

Mitt i rummet fanns en vertikal metallställning där något som en gång verkade ha varit en människokropp satt fastspänd.

Kroppen, armarna benen, huvudet – allt hade öppnats och flyttats ut.

En stark lampa bakom kroppen lyste genom den röda huden som noggrant hade fläkts undan och spänts ut med stålklämmor och vajrar, så de många stora flikarna liknade vingar, kammar och fenor.

Alla de inre organen, hjärnan, ögonen, muskler och könsdelar hade exponerats, skurits upp, lyfts ut, kopplats ihop med slangar, sladdar, elektroder och ståltrådar så att de hängde fritt ute i luften framför det som en gång varit dess kropp.

Varelsen, för det var inte en människa längre, levde

fortfarande, dess vätskor flödade, dess hjärta slog, och dess muskler och organ rörde sig trots att den var helt isärplockad.

Det väste och pyste, bubblade och sipprade i en mängd mekaniska apparater och pneumatiska tuber medan den betraktade oss med sina svävande ögon. Tungan saliverade rikligt och rörde sig slingrande som en grotesk snigel utan ett ljud. Ett svagt sprakande hördes från högtalaren i en av maskinerna samtidigt som ett finmaskigt nät av blodkärl sakta vecklade ut sig ovanför den dekonstruerade entiteten som om det var hår eller en fjäderplym.

Skyddat i en sorts kupa av genomskinlig plast hängde ett stort, klotformat organ som tycktes innehålla en stor volym vätska. En kombination av blodådror och slangar pumpade vätskor i olika nyanser av rött och nästan lila till och från den uppsvullna köttbollen i kupan. Först när jag såg något röra sig därinne förstod jag vilket organ det var. Det växte ett foster därinne.

I rummet fanns även en annan varelse, halvt dold bakom sjukhusutrustningen. Den stod först hukad på alla fyra, men reste sig upp på bakbenen innan den tog några steg fram mot oss. Då såg vi att den inte var riktigt mänsklig. Den hade klätts i åtsittande vita kläder som en bisarr parodi på en sjuksköterska. Under tyget hängde många kluster med avlånga, sladdrande hudveck vars ändar slutade i små öppningar som nästan liknade bröstvårtor. Genom öppningarna i huden utsöndrade den rikliga mängder blank vätska. Den hade två stora ögon, runda och helt svarta, som omgavs av fler mindre blanka knoppar på korta stjälkar. Varelsen vred dem alla till en intensiv blick mot oss och talade med skrapigt rosslande röst:

"De ursprungliga änglarna har inget skinn. De är gräns-lösa, når genom alla dimensioner. Vi har försökt återskapa deras fyra utsträckningar här i navigatören. Vi har öppnat henne för möjligheterna, kopplat loss henne så att hon kan glida med den flytande katedralen mellan membranen, tränga genom skikten, resa fritt, till Zirzamin, nekropolen i Kythere och vidare till paradiset i tornet..."

Varelsen riktade alla sina ögon uppåt och vi upptäckte tolv svarta klot som svävade i en stor cirkel långt uppe i det starka ljuset från taket. Både de enskilda kloten och hela cirkeln roterade sakta motsols. Ibland bytte några av kloten position med varandra som om det hela var en obegriplig dans.

Den bisarra ängeln som hängde i ställningen framför oss sprutade plötsligt någon sorts oljig vätska över oss från ett kladdigt organ som kluckade konstigt. Tungan, som svävade omgiven av två bågar med separerade tänder, vred sig spasmiskt igen, som om den försökte tala till oss.

Maskinen med högtalaren, som var kopplad via ett knippe tunna kablar till de uträtade vindlingarna i vad en gång varit en hjärna, sprakade fram en trasig kvinnoröst, tunn och ilande, som ljudet av naglar mot en griffeltavla.

Vad rösten sa var både fascinerande och fruktansvärt.

De förvrängda ord som hördes ur den artificiella radiomunnen var våra namn.

Den isärplockade kvinnan visste vilka vi var.

Hon visste båda våra namn.

Både jag och Veronica skrek medan vi sprang därifrån.

Världen upplöstes runt oss.

Vi färdas mellan färger och mönster, något är konstigt
med själva rumsdimensionerna, allt upprepar sig som
någon sorts fraktala former, och sedan vi är på väg nedåt
igen, det hissnar i oss, som om vi faller, och allt är kaos,
mina tankar skenar bortom kontroll och jag förstår inte
verkligheten längre, som om vi fallit utanför tid och rum
där inget längre är begripligt och allt är vibrerande elekt-
ricitet och vågor av färg som slår över oss i kaskader av
kalejdoskopiska mönster, medan vi faller inne i kroppen
tillhörande en gigantisk varelse av plasma och celler,
eller om vi kanske sjunker ner i vattnet i en salt havsgu-
dinna som andas rytmiskt med månen och jag hör
hennes djupa andetag när vi tränger igenom organiska
öppningar, klaffar och membran som separerar hinnor
och håligheter och förs med strömmarna, så ser jag vagt
humanoida skepnader med någon sorts stora vinglik-
nande fenor bakom sig som tycks sköta de obegripliga
stål- och plastmaskinerna som är kopplade till muskler
som öppnar och sluter hålen in i den köttsliga världen
och jag förstår inte längre mina tankar, orden kommer
slumpmässigt, vi är flera jag som tänker samtidigt i mitt
huvud, medvetandet splittrat, jag förstår inte längre vad
ord är, de liknar abstrakta vibrationer, blixtar som rinner
runt, jag är inte längre jag, mentalt isärplockad som
ängeln, det blixtrar och skär som en manisk dissociation

där jag samtidigt är allt och inget, all tid överlappar, jag är barn och jag är vuxen, jag är min mamma, är ett växande foster, ett träd av människor, ett svart klot, som spricker upp i skärvor och läcker ut vätska, så alla mina separerade delar flyter ut och jag är både Veronica och mig själv samtidigt som jag ser hur två diffusa skuggor som följt efter oss ett tag nu hinner ikapp och skapar svullna köttklumpar ur sina kroppar, som äckliga könsorgan med knoppar och taggar, och de dras mot oss, suger sig fast i huden som djuphavsfiskar, tränger in i oss, växer, sväller, växer ihop, tränger ut igen, ut ur våra munnar som en mängd skarpa sylar, vi får tänder, vassa och spetsiga, och fingrarna blir smala och skarpa som långa klor, och vi klöser och biter i köttet som omger oss, vi biter och äter bort de parasitiska varelserna och blodet forsar runt oss, ger oss näring som röda äggulor, och de är våra svullna tvillingar som skriker, utan munnar men i våra tankar, och allt är vansinne och våld och lust att ta sönder och äta och dricka och allt jag vill är att känna smaken av forsande röda vätskor som rinner in i min hals, medan jag känner värmen kladda ner mitt ansikte och mina klohänder, och jag sliter sönder membranen vi handlöst faller mellan och allt är vibrerande kaos som expanderar och slits isär och runt oss rör sig plötsligt människor som dansar och jag hör rytmisk musik på hög volym och jag vrålar, Veronica vrålar, och människorna skriker och flyr och vi är i källarens korridorer igen, passerar kaklade väggar, badkar fyllda med slem och röda vätskor, på väg ut och ljuset blixtrar liksom mina tankar och musiken är min skenande puls och allt är rött av blod i mina ögon och jag biter och klöser mig fram bland de dansande och vi springer ut ur den heta, fuktiga källaren som är fylld av vätska och kött som trängt ut genom väggarna, hela huset är fyllt av människor som skriker i extas, fyllt av euforiska livsvätskor, och vi springer tills vi är ute i nattkylan, springer över en grusplan i nymånens ljus, natur och buskar och grus under fötterna och vi springer och springer, hand i hand, i panisk extas, enbart klädda i blod, mellan träden och försvinner från huset och dansen och människorna och ljuset och springer och springer in i mörkret i skogen ner till en liten sjö där vattnet sköljer bort slem och blod och tänder och klor tills vi ser ut som mänskliga flickor igen. Vi förstår inget, allt är förvirrande, vi är fyllda av främmande tankar och minns knappt hur man formulerar ord.

"Vi är människor, vi är människor", skriker jag om och om igen, så högt jag kan, för att det ska bli sant.

Veronica skriker också, men jag förstår inte vad.

Jag fattade inte vad som hade hänt och jag har ingen aning om hur jag till slut tog mig hem.

Plötsligt var det bara nästa dag och jag låg i min säng.

Med skärsår och blåmärken över hela kroppen.

Och en smak av död i munnen.

Tredje delen

Tornet

Hela helgen passerade som en suddig dröm och det blev snabbt skoldag igen. Allt kändes konstigt. Jag kände mig konstig. Mer annorlunda än vanligt. Jag försökte så gott jag kunde att inte väcka någon uppmärksamhet. Det funkade ända fram till eftermiddagens sista lektion. Då uppfylldes jag av märkliga känslor.

Dels kändes det som om inga av mina klasskompisar existerade på riktigt. De bara låtsades vara människor. Matteläraren spelade också en roll och jag undrade hur hon såg ut bakom masken. Hela lektionen var iscensatt utifrån ett väl förberett manus så allt skulle verka normalt. Jag genomskådade deras falska scenario direkt. Men jag spelade med för att de inte skulle misstänka att jag avslöjat dem.

Och dels kändes världen runt mig ovanligt klar och skarp. Den hade fått en varm lyster jag inte var van vid. Alla detaljer jag nu lade märke till hade fått en tydligare kontrast. Hela den den fysiska verkligheten hade blivit mer verklig. Det kändes som om jag tidigare levt i en snabb blyertsskiss och nu hade flyttats över till ett färggrann oljemålning.

På något sätt existerade jag själv separat från resten av världen. Jag betraktade den lite på håll. När jag såg läraren gå igenom ett matteproblem på tavlan visste jag redan i förväg vad hon skulle skriva. När hon frågade om någon ville komma fram till tavlan och arbeta fram lösningen med henne gick jag till hennes förvåning fram och tog pennan. Hela uträkningen fanns redan där inom mig. Alla siffror och tecken. Det var bara att fylla i linjerna jag såg framför mig.

Jag märkte att hon blev imponerad. Det hon visade var något vi egentligen skulle börja med nästa termin. Det var inte meningen att jag skulle kunna det. Hon hade tänkt berätta hur man gjorde och guida mig fram till lösningen. Men jag kunde ändå.

Hon undrade om jag ville prova en uppgift till. Visst, sa jag. Hon skrev och jag löste den snabbt. En till? Visst. Hon tittade i en bok, skrev och strax efter hade jag löst den. Det började bli tråkigt, som att måla efter nummer i en teckningsbok för barn. Hon såg däremot entusiastisk ut. Hon var ju mattelärare så hon gillade sånt här.

Fascinerad sökte hon fram ännu ett problem. Det var väldigt komplicerat och tog lång tid för henne att skriva på tavlan. Men jag såg lösningen direkt. Skrev svaret. Hon undrade hur jag kom fram till det så med en suck skrev jag hela uträkningen. Vilket skulle bevisas. Såklart hade jag rätt.

När jag var färdig ville jag inte stanna i det falska klassrummet längre. Jag hade visat att jag redan kunde matten så jag gick därifrån. De som låtsades vara min klass såg förvånade ut. Duktiga skådespelare allihop. De gör som de blir tillsagda. Dresserade. Vad blir ett plus två? *Bä bää bäää!*

Det var tomt i skolans korridorer och jag fick en känsla av ha hamnat utanför handlingen i en film. Här fanns inga statister förberedda. Ingen bakgrundshandling. Det var ganska skönt. Jag behövde vara ifred. Jag behövde samla mig. Jag kände mig så annorlunda.

Först gick jag till skåphallen. Lämnade matteböckerna i skåpet och hämtade min axelväska. Sen tänkte jag bara gå hem och lägga mig. Kände att jag skulle kunna sova ett helt dygn om jag slapp gå till skolan. Om mamma och Karl bara lät mig vara ifred.

Men när jag kom till de stora trapporna vid aulan gick jag uppåt istället för ner till utgången. Fortsatte upp mot tornet i skolans huvudbyggnad. Vet inte varför. Jag hann passera två våningar innan jag förstod att det var dit jag var på väg. Trapporna slutade på vinden. Där det fanns stora förråd med gamla overheadapparater, uppstoppade fåglar och annat gammalt skräp. Ingen skulle någonsin använda något av det igen, men ingen ville heller slänga det. Så har vi det nog inombords allihop. Jag är inte särskilt gammal men har redan samlat på mig alltför mycket bråte i huvudet. Skulle nog ha mått bra av att röja redan innan allt det här konstiga hände.

För att komma vidare upp till själva tornet var jag tvungen att peta upp låset till torndörren. Jag använde multitången jag hade i min väska. Det var inte särskilt svårt. Alla i skolan visste hur man gjorde. Alla hade varit däruppe utan lov. Bakom dörren fanns en ranglig trätrapp som slingrade sig fram och tillbaka mellan väggarna medan den klättrade uppför det smala schaktet. Det knarrade och gnisslade medan jag gick uppför. Ibland sviktade något trappsteg en aning och det hisnade i magen som om jag var på väg att falla.

Även om det var lite trångt så kändes det luftigt och lätt här. Till skillnad mot den tunga och kompakta betongen i de klaustrofobiska korridorerna vi hittat bortom ödehusets källare. Där hade allt varit fuktigt och organiskt, här var det torrt och sprött. Gångarna därnere hade känts som djupare in, det häruppe kändes som längre ut. In eller ut ur vad? Jag kan inte förklara. Det var bara så det kändes.

I det stora rummet längst upp fanns det gamla urverket till tornets klocka monterat på grova träbalkar. De stora kugghjulen i gjutjärn stod dock stilla eftersom en liten vit plastlåda med fula sladdar hängande i en härva istället styrde den elektriska motor som nu såg till att klockan på fasaden höll tiden.

Efter allt jag sett sedan vi passerade in bortom källaren förväntade jag mig nästan att det även här uppe i tornet skulle finnas någon sorts främmande väsen. Som om den vindlande trappan hade fört mig in i den andra tillvaron på samma sätt som källarkorridorerna gjort.

Men det var tomt.

Vilket nästan var en besvikelse. Nu när jag inte var så rädd längre hade jag tusen frågor att ställa.

Fast egentligen var jag nog lite rädd även där i tornet. Men inte på samma sätt som jag varit i de ändlösa sjukhussalarna bortom källaren. Jag var mer rädd att jag hade förlorat kontakten med verkligheten.

Det fanns inget som bevisade att jag faktiskt befann mig i skolans torn. Jag kunde lika gärna befinna mig i en dröm eller en hallucination. Kanske hade jag aldrig lämnat mattelektionen. Jag hade ingen aning.

Alla känslor hängde liksom utanpå mig.

Det kändes som jag hade svävat jämnt och stadigt uppför trapporna som om mitt jag inte var ihopkopplat med den kropp som rytmiskt lyftes uppåt steg för steg. Trots alla trappor jag gått uppför var jag varken varm eller andfådd. Jag hade kunnat fortsätta uppför en ändlös trappa utan att bli trött.

Var torntrappan verklig? Var korridorerna och de förvrängda salarna fyllda med kroppar och maskiner verkliga? Var ens jag själv verklig?

Jag tog fram min mobil och speglade mig i den avstängda svarta skärmen. Granskade mitt ansikte för att se om jag kände igen det. Hur jag än stirrade kunde jag inte se något konstigt. Mina ögon, min näsa, mina läppar. Allt såg ut som det brukade.

Ändå kände jag att något inte stod rätt till.

Jag visste att jag inte var samma Jessica som förut.

Det kändes konstigt men samtidigt helt naturligt.

En kamera inbillar sig inte saker, tänkte jag. Den ser vad den ser. Så jag ställde försiktigt min mobil på en liten dammig träbalk i väggen. Satte mig framför den så att ansiktet hamnade mitt i bild och startade videoinspelningen.

Jag drog in tornets trädoft djupt ner i lungorna och andades sedan långsamt ut. Blundade och fortsatte med mindfullness-andningen som min psykolog Charlotte hade lärt mig.

Eftersom jag redan var så bortkopplad från mig själv föll jag snabbt in i ett meditativt tillstånd där alla tankar avstannade helt. Känslan av att vara ett medvetande som befann sig i en kropp upphörde. Mitt jag existerade inte längre. Det enda som fanns var en kropp. Om den var min eller någon annans hade jag ingen aning om.

Så satt jag en stund innan jag kom tillbaka till kroppen och började röra på den igen. Försökte massera musklerna och få tillbaka blodet i benen. Sedan såg jag att videoinspelningen fortfarande pågick. Siffrorna snurrade och det jag först trodde varit högst tio minuter var i själva verket över femtio minuter. Jag hade suttit där nästan en timme.

Jag blev väldigt orolig. Det kändes som om någon hade varit i rummet med mig utan att jag märkt det. Någon kunde ha gjort vad som helst utan att jag visste om det. Jag visste inte vad som hänt och det kändes obehagligt.

Skoldagen hade redan slutat så jag slängde ner mobilen i väskan och sprang nedför trappan och ut över skolgården. Ville bara hem så fort jag kunde. Sprang hela vägen. Kände mig förföljd fast jag inte såg någon. Kastade av mig skorna i hallen och låste in mig på mitt rum.

Började nästan gråta av frustration.

Känslorna hade kommit tillbaka, tankarna hade börjat snurra.

Är det kanske bättre att inte veta, funderade jag för en sekund innan jag startade klippet på mobilen.

Jag snabbspolade förbi många minuter av mitt blundande ansikte innan något blinkade till och jag var tvungen att backa klippet lite. Sedan tittade jag i normal hastighet.

Jag förväntade mig att få se nästan vad som helst vid

det här laget.

Det som blinkat till i bilden var en geting som landade på min kind. Följd av ännu en. Och några till. Många till.

Ett trettiotal getingar landade i mitt ansikte, på mina kläder, och gick omkring som om de letade efter nåt, som om något hade lockat dem.

Deras myllrande rörelser gjorde att det såg ut som om jag gjorde grimaser. De bildade en gulsvart mask utanpå mitt ansikte och det såg ut som om jag genomfors av en mängd starka känslor i snabb följd.

Det pågick några minuter innan de en efter en gav sig av igen. Mitt ansikte blev tomt och uttryckslöst igen.

Då hände något jag av någon anledning tyckte var konstigare än getingarna. På något sätt kunde jag acceptera att jag hamnat i ovanligt djup meditation och därför inte hade upptäckt getingarna på mitt ansikte.

Men nu öppnade jag plötsligt ögonen, stirrade intensivt på något bortom kameran och visade tänderna i en aggressiv grimas.

Det pågick drygt tio sekunder.

Sen slappnade jag av igen och fortsatte blunda tills klippet tog slut.

Jag hade inget minne av att ha öppnat ögonen. Hur skulle jag ha kunnat göra det utan att avbryta meditationen?

Inte heller mindes jag att jag blottat tänderna som om jag hotade att bita någon.

Varför skulle jag ha gjort det?

Andetag

Tio andetag till döden. Det är allt vi har kvar, någon gång i framtiden. Så nära är vi att upphöra existera. Andas in och ut tio gånger. Vi skjuter tiden framför oss som en plogbil pressar undan snö. Men till slut väller det alltid över schaktbladet och då är andetagen slut. Då finns det inget mer.

Det gör ont i hela kroppen. Som mensvärk från helvetet. Smärta i hela magen, upp mot hjärtat, ut i armarna, benen och huvudet. Mitt i natten. Kan inte sova, men inte heller fullt medveten. Febern är väldigt hög. Svettas mycket. Lakanen klibbiga. Känslan av att dö snart. Kroppen går itu. Håller på att slitas isär. Fragmenterade tankar försöker förklara. Njursten? Blindtarm? Föder kroppen ett barn den inte vetat om?

Aldrig att jag låter någon komma in i mig.

River sönder lakanen. River sönder kläder. Kryper på alla fyra. Klöser på dörren. Kryper till köket. En molande värk började entre loup et chien. Bet ihop så tänderna gnisslade. Morrade tyst. Timmar gick. Natt, alla sover, ingen hör.

Kryper fram mot diskbänken. Törstig. Så törstig. Klättrar upp. Ligger darrande på den kalla metallen. Spolar vatten som för att drunkna. Vattnet svalkar ansiktet. Smärtan dämpas lite.

Aldrig att jag låter någon komma ut ur mig.

Ljud i hallen. Stänger kran. Är snabbt försvunnen, utan att göra ljud. Under bord. Andas försiktigt. Känner doft av mor. Rester av lejonhannens misslyckade försök klibbar fast vid henne.

Hennes bara fötter framför bord. En dämpad röst.

"Hallå? Jessica, är du här?"

Gå iväg. Jessica är inte här. Inte nu. Kryper ihop i mörkret.

Lejonvätskan stinker ur henne. Som ett hot. Drar efter andan.

Aldrig någon. Aldrig.

"Jessica, gumman, vad gör du under bordet?"

Stelnar till. Svett droppar på golvet. Svider i ögon. Inträngd. Ingen utväg. Dåligt. Adrenalin. Spänd i halsen. Musklerna. Värk i sammanpressad käke. Gapar. Hotar. Kämpar emot.

"Jag menade inte att skrämma dig. Jag skulle bara på toa och hörde hur du spolade vatten. Gå och lägg dig när du druckit färdigt."

Dreglar. Munnen öppen. Vill bita. Vill inte bita henne. Fort, gå nu. Gå nu!

Mer ljud i hallen. Fler fötter. Starkare lejondoft. Vill springa fram. Nu eller aldrig. Klipp sönder alla bilder. Behärska savannen. Klöser i golvet. Alla muskler darrar. För svag ännu.

"Jessica är i köket, gå till toan istället."

Alla fötter försvinner. Dörr som låses. Dämpade röster och prat. Fniss. Äckliga ljud av läppar. Fingrar som krafsar i hår. Hatar det. Måste bort.

Kryper in till härvan av lakan igen.

Smärtan tillbaka. Skär i hela kroppen. Mensvärk från helvetet.

Snart fri. Bara lite till. Sedan.

Alltid bara tio andetag kvar.

En dag kommer de ticka ner till noll.

Aldrig.

Maktobalans

Mina föräldrar bjöd hem Veronicas föräldrar på middag. Jag vet inte varför. De känner ju inte varann. Sa nåt om att de ville lära känna dem. Mamma har fångat sig själv i tjocka isolerande lager av lögn medan Karl är en naken åskledare som dränerar alla känslor rakt ner i jorden. De försöker låtsas vara normala genom att göra sånt de tror normala gör.

Jag och Veronica försöker också låtsas vara normala. Inte för att vi nånsin varit det. Men nu behöver vi någon sorts fokus för att inte förlora oss själva till klumparna av kött vi bär med oss, inom oss.

Känslan av makt förändrar mig. Jag känner att jag måste hindra mig från att bli arrogant. Och alldeles bakom självsäkerheten ligger en lättväckt aggression och väntar på att få hugga tänderna i ett byte.

Veronica är manisk men håller det såpass under kontroll att bara jag som känner henne ser att något är fel. Hennes impulser har alltid varit spontana och ögonblickliga. Hon ser glad ut men jag ser på hennes ögon att hon bara är ett ögonblick från kaos. En enda retning från att brista ut i vansinne.

Något är väldigt fel och jag får kämpa för att dölja min oro för de andra vid bordet.

Vi petar i middagen medan vi ser rakt genom våra föräldrars patetiska spel. Känslorna i rummet växer allt starkare. De vuxna hatar varandra redan. Min mamma kokar inombords, Karl har sin lismande mäklarmask på sig och jag håller på att explodera.

Björn och Anneli, Veronicas föräldrar, spelar sina roller bättre. De ser att de driver oss andra till vansinne och finner någon sorts pervers njutning i det. De tror sig vara bättre än alla andra. Eller rättare sagt: Anneli tror sig bättre än alla andra och Björn håller med henne. De tror att en högre makt har valt ut dem och gett dem rätten att manipulera sin omgivning.

Människosläktet har biologiskt sett aldrig haft varken alfahannar eller alfahonor. Det finns bara arslen och svin som utnyttjar alla andra. Utnyttjar de som bara försöker sköta sitt i en tillvaro som enbart går ut på att äta och fortplanta sig. Hela den meningslösa föreställningen vi spelade runt bordet gick ut på just detta: Två par med varsin framknullad avkomma satt och frossade i döda djur och försökte höja sin status på varandras bekostnad medan de låtsades vara civiliserade.

Björn håller med allt Anneli säger. Jag förstår nu, efter den där kvällen då jag var Veronica, att de också har en förskjuten maktbalans med varandra. Precis som jag och deras dotter har utbytt ansvar och lydnad. Men medan deras dynamik på något sätt är påtvingad religiös perversitet, så är vårt samspel ett frivilligt sökande efter någon sorts mening som gör tillvarons mardrömslika meningslöshet uthärdbar.

Äcklade av allt som pågick mitt framför oss lämnade

jag och Veronica bordet och stängde in oss på mitt rum. Lämnade föräldrarna ensamma i deras komplicerade makt- och parningsdans.

Vi hamnade istället i vår egen komplicerade relation. Allt var förändrat sedan vi kom ut ur den där främmande labyrinten som fanns innanför ödehusets källare. De senaste dagarna innan middagen hade Veronica betett sig allt mer konstigt och oberäkneligt.

Jag placerade henne på golvet vid mina fötter och satte mig själv på sängen. Det gick på ren vana och jag såg på henne när hon redan satt sig att hon egentligen inte alls ville lyda mig. Hon var nästan på väg att resa sig upp igen. Sen var det som om hon utvärderade situationen och bestämde sig för att tillåta att den fortsatte tills vidare.

Hon hade aldrig utmanat min makt över henne tidigare. Hon hade varit lite retsam och trilskats, men jag hade aldrig sett hennes blick så full av beräknande motstånd förut.

Maktförskjutningen mellan oss var bara verklig så länge vi båda accepterade överenskommelsen.

Nu såg jag att hon tvivlade. Att hon föll bort från mig. Att jag förlorade kontrollen mer och mer för varje sekund som gick.

Något hade förändrats i henne. Något var annorlunda mellan oss.

Jag höll tillbaka känslan av att vilja disciplinera henne, sätta henne på plats, få henne in i rätt sinnestillstånd igen, eftersom jag insåg att det förmodligen bara skulle öka hennes motstånd och orsaka en fullständig konfrontation. Hon bara väntade på något att hugga efter.

Så det var inte rätt ögonblick för det nu. Jag höll henne istället lugn på golvet och försökte hantera situationen. Jag var van att hantera henne, men nu var allt annorlunda. Allt var uppskruvat, jag var nervig, hon var på väg att få ett sammanbrott och jag visste inte vad vi skulle kunna prata om som inte triggade en katastrof.

Vi satt därför helt tysta medan allt detta utspelade sig mellan oss. Det var som en ordlös storm härjade i rummet.

Jag tog fram kameran och tog några bilder på henne. Hon brukade bli smickrad när jag ville fota henne. Men nu såg jag i hennes blick att hon inte släppte in mig. Hon har aldrig sett så allvarlig ut på några bilder. Det fanns plötsligt ett djup i hennes ansikte som jag aldrig sett förut.

Hennes sylvassa blick var någon annans och jag undrade om det var hämndens ängel jag såg i henne.

När det knackade på dörren såg jag henne stelna till. Ögonen blev blanka och tomma för ett ögonblick. Någon störde vår ordlösa konversation och jag förstod att det krävdes all hennes vilja för att hon inte skulle kasta sig upp och slita sönder något i ett raseriutbrott.

Det var min mamma som kom och bjöd oss på efterrätt. Det var glass med likör i som hon gav oss bara för att reta Anneli som inte ville att Veronica skulle smaka alkohol. Det kändes så trivialt.

Mamma pratade med oss en kort stund och var så upptagen av det som pågick ute vid matbordet att hon inte märkte på våra korthuggna svar hur spänd stämningen mellan mig och Veronica var. Även om hon inte förstod situationen så gav hon mig lite styrka med sin omtanke och jag fick ett kort andrum mitt i all spänning.

När hon gått igen kände jag hur rummet doftade starkt av adrenalin och något som liknade galla.

Jag försökte ta några fler bilder, men Veronica slöt sig framför mina ögon. Drog allt inom sig. Andades tungt. Jag hade alltid kunnat läsa hennes känslor så tydligt. Nu dolde hon allt och det var som om hon blev en annan person medan hon satt där. Bilderna blev helt tomma.

Jag förstod att det var sista gången jag hade henne på knä på golvet framför mig.

Hennes andning lugnade sig när jag lade undan kameran och vi satt helt tysta ända tills vi hörde Anneli ropa till Veronica att det var dags att gå.

Då reste hon sig upp och lämnade mig utan ett ord.

Jag grät. Frustrerad. Arg. Besviken.

Hon var min bästa vän.

Hon var min enda vän.

Och i det ögonblicket visste jag att jag hade förlorat henne.

Dagboksfragment

Jag lärde mig läsa när jag var sex år gammal. Varje natt när jag inte kunde sova gick jag in i mina böcker. Jag levde mig in i huvudpersonernas liv. Jag tyckte mitt eget liv var rätt tråkigt. Blev trött på mig själv, att vara mig själv, att alltid vara densamma hela tiden.

Så jag provade att klä på mig andra människor. Varför begränsa sig? Först var jag figurer ur böckerna jag läste. Sen började jag skriva själv. Jag skrev ut saker i verkligheten. Jag skapade mina egna figurer och blev dem. Raderade de jag inte gillade. Skrev om och ändrade om det behövdes. Hittade några favoriter. Ibland visste jag inte riktigt vem jag var för tillfället.

Men sen fyllde jag tretton och slutade med det där. Lämnade de fiktionära jagen bakom mig. Som om jag växte upp och slutade leka med leksaker. Andra flickor slutar leka med dockor när de plötsligt inser att det är de själva, deras egna kroppar, som är dockorna. De är så fåniga. De låter plötsligt pojkarna leka med dockorna istället. Sen föder de nya dockor att leka med. Men jag skulle aldrig låta någon leka med mig bestämde jag.

Ingen tar mig för en docka. Ingen får röra mig. Ingen. Jag är ingen docka. Jag låtsas inte längre. Jag är vem jag vill. Jag vet bara inte alltid vem jag vill vara. Men helst inte mig själv. Jag är så trött på mig själv, men slipper aldrig undan. Kanske när jag sover. Jag är nån annan i drömmen. Kan jag bli henne när jag vaknar?

Nu har jag hittat nya dockor. Jag kan säga åt vem som helst att göra nästan vad som helst. Bara jag har kameran i handen. Med den som ursäkt styr jag dem som marionetter. Om jag inte kan kontrollera mig själv så kan jag i alla fall ha kontroll över dem. Levande människor är mina dockor.

I mina fotografier förblir de stilla för evigt.

Hela världen är mitt dockskåp.

Jag vill bara ha en vän. En enda räcker.

Hade inga vänner som liten. Lekte alltid själv. De andra var så tråkiga och enformiga. I mitt hjärta brann en kreativ eld av allt jag ville göra. Men jag förstod snabbt att jag var den enda som ville utforska gränserna bortom det välbekanta. De andra stannade på skolgården och hoppade om och om igen i hopphagens rutor. Jag tålde inte rutorna och reglerna. Skolgårdens myller av skrikande barn tröttade ut mig redan då. Jag ville hellre se vad som fanns utanför staketet.

Min konstanta ensamlek på förskolan fick bekymrade lärare att kalla dit min mamma för att prata om varför jag inte ville leka med de andra barnen. Efter det låtsades jag leka med dem ibland. Men min lek var att jag lekte med dem, inte att jag lekte deras lek.

Ett tag hade jag Veronica. Nu är jag ensam igen.

Och eftersom jag inte haft några andra vänner än Veronica så vet jag inte hur man uppför sig som en normal tonårig flicka. Jag är kanske konstig. Jag vet att jag skriver konstigt, tänker konstigt. Men jag har ingen aning om hur jag borde tänka. Hur jag borde vara.

Ibland känner jag mig overklig. Som om min kropp är falsk. Jag fångar en glimt av mig själv i en spegel eller ett skyltfönster och det känns helt absurt att min kropp existerar i den fysiska världen. En klump kött som går omkring, pratar med folk och gör saker. Tror de verkligen att det där vandrande köttet är Jessica?

Hur uppfattar de mig? Alla förutfattade meningar de måste ha. Ingen vet ju egentligen vem jag är. Inte ens mamma. Det finns så mycket inom mig som ingen ser.

Som jag inte låter någon se. Lager efter lager av olika egenskaper. Bra och dåliga drag. Jag letar själv därinne, som om mitt inre är ett kostymförråd bakom scenen på en teater.

Jag har nog alltid spelat en roll. Gjort som folk förväntat sig. Till och med inbillat mig själv att det varit vad jag velat. Det har varit undermedvetet. Flickor gör vissa saker och pojkar andra. Jag har sett ut som en flicka, behandlats som en flicka och har därför använt en flickas språk och uppförande. Men inuti har jag varit något annat. Jag har nog alltid varit något annat än en människoflicka.

Jag har alltid varit annorlunda.

Och kanske har det alltid varit mitt öde att jag skulle få ett främmande omänskligt väsen inympat i kroppen. Så det var kanske inget att göra något åt. Jag var tvungen att vara så här underlig för att de främmande tänderna och seniga musklerna skulle få plats i mig.

Jag spelar en roll. Jag tror alla spelar roller. Inget är på riktigt, allt är en föreställning.

Och det är definitivt ingen komedi.

Något hemskt kommer hända. Det känner jag på mig. Jag drömmer varje natt om hur min kropp står i lågor. Ser det som från utsidan. Gråter över att kroppen som brinner inte längre är min. Vaknar svettig, livrädd och helt säker på att det kommer ske på riktigt.

Alla runt mig är uppfyllda av kaos. Mamma sjunker i en djuphavsgrav, dras ner i djupet som av en manet. Karl står och förgiftar marken omkring sig med etter så att inget kan växa i hans jord. Veronica pyr av rök och kortslutning medan det okontrollerat sprutar elektricitet omkring henne.

Själv håller jag på att svepa in mig i lager efter lager av läderartad hud för att isolera mig mot elden som finns inom mig. Jag bygger en slutförvaring för kärnbränslet som läcker ur mitt hjärta. Jag kapslar in strålningen som muterar mig och gör mig till någon annan.

Det känns som om allt kommer sluta i mörker. Ensamt mörker. Det gör visst det för alla människor. Men jag vet inte om jag är en människa. Jag har aldrig känt mig som en människa. Jag kan gärna vara något annat. Bara inte det som växer i mig.

Vad de än satte in i mig där på andra sidan så tänker jag inte gå med på det. Jag tänker inte ge efter. Jag tänker kämpa emot. Jag har kontroll.

Jag har fullständig kontroll.

Fullständig kontroll.

Jag känner doften av människor långt innan jag ser dem. Det är som att ha ett sjätte sinne. Jag vet om det är någon hemma i lägenheten i samma ögonblick som jag öppnar dörren. Jag vet vilka sitter runt mig i klassrummet om jag bara blundar och känner efter. Om jag koncentrerar mig kan jag känna vilka mamma träffat på jobbet. Deras doft hänger svagt kvar vid henne. Jag känner ånger i hennes svett. När Karl är hemma stänger jag av och slutar ta in dofterna. Jag vill inte påminnas om hans närvaro. Han stinker av rädsla.

Nu när Veronica inte längre är vid min sida är jag helt ensam i klassen. Ensam i skolan. Alla märker att nåt har hänt mellan oss. Hon håller alla på avstånd, är vass och kaxig, äger situationen. Det känns att det finns något spänt i luften. Till och med lärarna förstår att det är nåt ovanligt som pågår. Lena, vår skolkurator, kom idag och försökte ställa lite trevade frågor, men gav upp, vågade inte provocera mig.

Ingen törs säga nåt. Hela skolan är på tå. Det snackas men tystnar snabbt när jag närmar mig. Eller när Veronica passerar. Blickarna säger desto mer. De är osäkra på mig, men uppenbart rädda för henne.

Har det hänt något jag inte vet?

Finns det något sanning bakom ryktet Sofia berättade om?

Jag blev defensiv när jag först hörde det. Men det var kanske för att jag innerst inne visste att Veronica faktiskt skulle kunna göra nåt sånt. Hon har nåt i sig som gör att hon inte har något stopp. Jag kunde hålla henne i schack. Hålla spärren på plats. Men nu? Varför är de rädda? Vet de att jag förlorat kontrollen? Att hon är herrelös?

Dagen går och de behandlar henne mer och mer som ett främmande väsen. Jag ser hur det kryper in i henne. Jag känner hur hatet fräser ur henne. Hur hon är på väg att explodera. Vem som helst som råkar gå i hennes väg kommer att utlösa... Jag vet inte vad.

De håller sig undan henne. Jag håller mig undan alla andra. Jag går hem vid lunch. Står inte ut med de konstiga blickarna längre.

Vad har Veronica sagt? Har hon sagt nåt om mig?

Syns mina tänder? Hela tiden i skolan, hemma, på bussen – överallt – undrar jag om alla runt mig kan se de vassa spetsarna jag försöker dölja bakom mina läppar. Jag ler inte längre. Ingen annan har något med min förvandling att göra. De behöver inte veta. Det är privat. Deras nyfikenhet skulle bara förvränga alltihop. De skulle bara misstolka mig och göra mig till ett objekt för sina perversa fantasier. Jag känner efter med tungan hela tiden. Så att tänderna inte sticker fram utan att jag märker det. Alla tittar, alla viskar. Kan de se mina tänder?

Jag vet inte vad som hände. Plötsligt började jag gråta på väg över skolgården. Var helt ensam. Tänkte inte på något särskilt. Det bara kom en emotionell explosion från ingenstans. Tvärt och kraftfullt. Salt och snor överväldigade mig och jag sprang. Jag sprang så fort jag kunde därifrån. Det lugnade mig. Att springa lugnade mig. Gråten torkade i fartvinden. Hjärtat slog hårt. Kroppen gillade att springa och glömde att den var ledsen. Jag bara följde med, glad över att slippa tårarna. Måste låta kroppen få springa mer.

Jag önskar jag kunde prata med mamma om vad som hänt mig. Men det går inte. Hon och alla vuxna är så instängda i sina liv. De har levt så länge att de trasslat in sig härvor av vanor och plikter de inte tar sig ur. Hon är omtänksam men har lite vibbar av neurovariation. Empatisk men ändå dålig på att läsa känslor. Har så mycket på gång, så många tankar att hon inte riktigt hinner förstå allt som händer runt henne.

Så hur skulle hon kunna ta till sig vad som har hänt mig nu? Veronica är den enda som fattar. Hon som var med, som också upplevde det.

Förr eller senare måste jag prata med henne igen.

Fan också. Jag måste ljuga när jag träffar min psykolog Charlotte nästa gång. Hon kommer se på mig att nåt har hänt. Att jag är annorlunda. Men hur ska jag kunna förklara?

Om jag berättade sanningen skulle hon bara tro att vi hallucinerade. Att det var en tripp. Att det var något annat än Ecstasy vi fick på rejvet. Men det var inte tabletterna orsakade färden in i underjorden. MDMA funkar inte så. Det gjorde oss bara glada och kärleksfulla. Inget trippigt alls.

Vår resa var på riktigt.

Vi var inne i en annan värld.

Bortom nånstans. Vi gick i en annan riktning.

Det finns varelser därinne. Som inte är människor. Väsen som inte finns ute i verkligheten.

Vi förändrades därinne. Vi blev några andra. Vi växte upp. Vi är inte Jessica och Veronica längre.

Jag är någon annan än den jag varit. Jag är inte bara min mammas dotter längre. Jag är något bortom det, född en gång till. Jag har utvecklats till något annat. En hybrid kanske. Jag är många saker.

Hur ska jag kunna förklara det?

Måste jag förklara det?

Inte för dem. Men för mig själv. Ah. Så är det. Jag måste förklara det för mig själv. Jag måste förstå. Vad hände oss egentligen?

Vem eller vad var det som omfödde oss?

Jag måste ljuga för mamma.

Jag måste ljuga för alla.

Vi är inte människor längre.

Vi bara liknar människor.

Nu är det snart en månad sen sessionen i duschrummet. Dags för mens igen. Jag blir känslomässig. Allt var perfekt då. Det var det Veronica och jag mot resten av världen. Vi två. I perfekt synk. Jag har aldrig haft en vän som henne. Vi måste prata igen. Det är inte för sent.

Det värsta är att jag har börjat få så konstiga tankar. Jag tänker på blod. Jag vill smaka blod. Vilket blod som helst. Slicka i mig det. Jag börjar dregla bara av själva idén.

Kan inte sluta tänka på det.

Den djuriska instinkten att jaga och döda ett byte måste vara någon sorts fantastisk kombination av upprymdhet, glädje och målmedvetenhet. Det är varken hat eller raseri som driver den. Att jaga. Att fälla ett byte. Det verkar lustfyllt. Finns det nån koppling mellan jakt, parning och brunst? Är djurens blodlust erotisk?

Salivbubblor

Det är nåt inne i mig som inte är jag.

De senaste dagarnas tankar har varit fyllda av kaos och känslostormar. Allt och inget rusar genom mitt huvud så fort att jag knappt hinner tänka mina tankar färdigt. Det är upphackat och febrigt, obegripligt och lite skrämmande.

Något som inte är jag följde med mig hem från ödehuset. Det är jag säker på nu. Den fruktansvärda smärtan i måndags natt, när jag gömde mig under köksbordet, gick över i gryningen och har inte kommit tillbaka sedan dess.

Men något är annorlunda. Om dagarna märker jag det inte så mycket. Däremot på nätterna. Det rör sig i mig på nätterna. Förr hade jag svårt att sova, nu har jag svårt att vakna. Och när jag är vaken är det mer som om jag är i en dröm.

Ibland tror jag inte det är någon skillnad på att vara vaken eller att drömma. Våra hjärnor är vakna hela tiden. Det är bara medvetandet som missar en del upplevelser när vi sover. Drömmarna förmodligen lika viktiga som vår vakna tid. Så jag skriver ner dem i en drömlogg så gott jag kan för att minnas och förstå.

Vissa nätter vaknar jag och känner att det kladdar fast mörker på kroppen. Att det fastnar som ett hölje. Att det som är inne i mig tar över och växer i stora sjok på utsidan. Jag måste kämpa emot för att inte överväldigas av denna känsla och förlora kontrollen.

Andra nätter är fyllda av svettigt och svullet kött som andas och pulserar runt mig. Som om jag kravlar omkring inne i en främmande kropp. Som om själva drömmarna har koagulerat till fysisk form. Det nya köttet växer i mig och utsöndrar okända hormoner medan det sprakar ivrigt av blixtar som bränner in nya neurala vägar i min hjärna.

Allt är intuitivt och primalt därinne. Starka känslor. Inga komplexa tankar. Instinkt. Jag vill springa, jaga, vinna. Mycket fokus på munnen. Vill äta, tugga, slita tag i allt kött flimrar förbi. Klösa med klor, bita med vassa tänder. Sen mer springande. Hetsigt, svettigt.

Lakanen är alltid fuktiga på morgonen.

Jag lär mig även att de levande drömmarnas påtagliga former kan sticka obehindrat rakt ut i verkligheten. Genom dessa verklighetstunnlar kan jag röra mig gränslöst ut i vaket tillstånd medan min fysiska kropp sover.

Ibland vaknar jag och inser att jag redan är vaken. Att jag är uppe och gör något. Står ofta och stirrar på min spegelbild, i hallen, eller i badrummet, men alltid med lampan släckt. Jag svettas alltid och hela kroppen värker.

Det är ofta mörkt och svårt att skilja dröm från vakenhet.

De febriga drömmarna har pågått i över en vecka. Jag har handlöst tumlat runt i mörkret. Natt efter natt med ett obegripligt gytter av tankar i hjärnan. Ända tills nu. Inatt kändes det annorlunda. Något hade förändrats.

Jag sprang i den lilla parken nedanför vårt hus. Mellan de stora tallarna och kände daggen i gräset under mina händer och fötter. De ljusa nätterna gör att månen knappt syns fast den är nästan full. Ändå ropade jag högt av glädje när jag såg den vit och rund. Sprang runt helt ogenerad utan kläder och kände mig plötsligt så fri. Som om det här var något jag väntat på.

Allt kändes så klart och tydligt efter alla de mörka,

kladdiga drömmarna. Det var som om en långvarig feber plötsligt hade gått över och jag kände mig fylld med kraft. Jag visste att jag nu var ny och förbättrad.

Och jag visste att de jobbiga drömmarna nu var över.

Sedan vaknade jag plötsligt inne i mina föräldrars rum. Mina ögon var vridna så långt upp i ögonhålorna att det gjorde ont. När jag lyckades slappna av och titta framåt igen insåg jag att jag stod dräglande intill Karl och blåste salivbubblor så jag var helt kladdig på hakan. Darrande lyckades jag smyga ut och stänga dörren efter mig utan att de vaknade.

Jag fortsatte ut till köket och öppnade kylskåpet. Det låg en fransyska på upptining därinne. Mamma tog fram den ur frysen igår kväll för att den skulle tina över natten och bli middag idag. När vi åt frukost i morse och hon undrade vart den tagit vägen så var jag tvungen att ljuga och påstå att hon aldrig hade tagit ut den. Att hon hade glömt.

Men egentligen var det jag som hade ätit upp den. Jag åt den rå.

Njöt av varenda tugga.

Idag vibrerar jag av styrka och makt. Jag har ägglossning och jag äger världen. Jag vill få alla att lyda. Jag är världens centrum. Jag är full av energi och jag strålar.

Jag möter Veronica vid skåphallen i skolan och hon är likadan. Har en annan kroppshållning. Rör sig på ett helt annat sätt, smidigare, mer flytande. Jag går med en känsla av att vi båda är längre än alla andra, att vi höjer oss ovan dem, och ingen vågar se oss i ögonen. Ingen ifrågasätter vår makt. Alla viker undan, elever, lärare – vi äger skolan.

Veronica har också märkt detta och någon sorts kontakt uppstår mellan oss igen. En ömsesidig respekt. Vi ger varandra ett svagt leende.

Så här självsäker har jag aldrig varit. Så trygg i mig själv har jag aldrig varit. Så totalt närvarande i mig själv har jag aldrig varit.

Och ändå: Det är nåt i mig som inte är jag.

Fjärde delen

Återkoppling

I morse åkte jag och mamma med hennes kompis Henrik till hans stuga. Vi brukar vara där ibland. Mamma och Henrik har känt varann sen innan jag föddes. De jobbar tillsammans också. Han hör nästan till familjen även om han heter Ivarsson. Det är fint väder så vi ska grilla och bada hela helgen. Solen är väldigt het. Ligger just nu på en filt ute på gräsmattan och skriver det här.

Hoppas slippa allt jobbigt som pågår för åtminstone en helg. Även om det blev lite stressigt när vi skulle åka i morse.

Veronica ringde helt oväntat när jag höll på och packade. Pratade som om allt var helt normalt. Som om det där tysta sammanbrottet mellan oss under föräldramiddagen aldrig ägt rum. Jag blev nyfiken på vad hon ville och ifrågasatte därför inte varför hon nu plötsligt tog kontakt efter att ha ignorerat mig så länge.

"Har du också känt det", frågade hon.

"Vad då?"

"Lusten efter blod. Att bitas och slita upp hud."

Jag blev kall. Det var klart jag hade. Det var allt jag tänkte på.

"Kanske", sa jag försiktigt.

"Det växer i en. Man blir mäktig och stark om man ger efter. Om man släpper fram det. Låter det flöda. Har du provat?"

"Provat vad då?"

"Att ge efter?"

"Nej. Har du?"

"Ja. Det är, vad heter det, euforiskt! Man blir lycklig, liksom helt naturligt, inifrån. Du måste prova!"

"Var du ute och gjorde det?"

"Ja, jag sprang i skogen. Hade så mycket kraft i benen, du kan inte ana! Jag sprang en mil utan att bli trött. Jag hann ikapp en kille. Det gick så fort. Hann inte tänka efter. Jag bet honom i nacken och drog ner honom i diket. Mina tänder var vassa, men inget mer. Fingrarna var bara fingrar så jag fick inget grepp. Han var stark och brottade sig lös. Han slog mig så hårt! Haha! Men jag hade lite av hans blod i munnen. Det räckte. Jag visste att jag inte var redo riktigt än. Så jag sprang därifrån. Gissa om han var rädd för mig! Jag kände hur han stank av adrenalin och piss. Jag tror jag blev kåt av det. Sen sprang jag utan att svälja så jag kunde njuta av blodsmaken hela vägen hem."

"Herregud!"

"Du måste prova Essi. Håll inte emot. Du måste inse att vi är nåt annat nu. Som vi alltid önskat. Jag saknar dig. Förlåt. Jag var tvungen att förstå vad som hände med mig. Det är därför jag varit för mig själv. Jag visste inte hur jag skulle hantera det. Jag var liksom tvungen att ha koll. Ta makten över mig själv den här gången. För att kontrollera det som är i mig. Fattar du?"

"Men det går ju inte kontrollera. Det är som ett åskväder i mig. Det vill bara blixtra och förstöra."

"Det är ju det som är så skönt. Låta kraften flöda. Kom

med mig ut i morgon kväll! Då är det kulmen på vår cykel... Då kan vi jaga tillsammans!"

"Jag ska precis åka ut till Henriks stuga med mamma över helgen..."

"Men skippa det! Det är nu det sker. Det känner jag på mig. Med blodet kommer den fullständiga kraften. De här veckorna innan har bara varit en föraning, en förberedelse. Nu kommer den fulla styrkan! Nu kommer de frukta oss! Vi blir som drottningar över dem!"

Hennes ord var fruktansvärda. Vad hon talade om var att ge sig ut och anfalla en människa, sätta tänderna i hans kött och dricka hans blod. Fruktansvärt. Och jag kände hur jag blev varm i kroppen av tanken. Jag dreglade. Som om jag blev upphetsad och våt i munnen.

Med all viljestyrka jag kunde uppbåda försökte jag undvika att säga ja. Jag försökte tänka logiskt. Att det var farligt. Att vi skulle bli upptäckta. Satta i fängelse och få våra liv förstörda. Att vi inte kunde skada en annan människa bara för att stilla vår lust. Men inget spelade nån roll. Det var som om jag inte brydde mig om något av det. Alla konstiga drömmar hade redan förberett mig på tanken och nu längtade jag efter att göra det på riktigt.

Lika naturligt som om vi hade planerat att gå ut och festa bestämde vi att jag skulle följa med henne ut. Vi fnissade tillsammans, upprymda över tanken på gå ut och döda någon.

Medan vi pratade skrämde Karl halvt ihjäl mig genom att komma in i rummet utan att ha knackat. Han insåg förhoppningsvis sitt misstag när mitt leende försvann och jag stirrade hårt på honom. Han pekade över axeln och sa ursäktande:

"Jessica. Henrik är här nu. Du måste gå."

Jag tecknade åt honom att jag pratade i telefon och han tog ett halvt steg tillbaka. Sedan fortsatte han med lite mjukare ton:

"Men det är dags att åka, mamma väntar på dig."

"Veronica", sa jag i luren, "kan du vänta en minut. Karl tjatar på mig. Jag ska precis åka. Dom väntar på mig. Strax tillbaka."

Jag packade snabbt en bok jag hade tänkt läsa i stugan och de sista kläderna som låg på sängen innan jag drog igen väskan.

"Jag vet att det är bråttom", sa jag till Karl. "Men dom åker nog inte utan mig."

"Jag hälsar bara vad din mamma sa till mig."

"Jaja, nu är jag på väg", sa jag och tog med väskan och telefonen när jag lämnade rummet. "Sluta tjata."

Medan jag tog på mig mina kängor och la den svarta jackan över väskan tyckte jag plötsligt synd om Karl. Jag vet inte var det kom ifrån. Kanske för att jag kände mig starkare och mäktigare än någonsin. Allt här i hallen var så normalt i jämförelse med vad jag och Veronica hade pratat om. Jag kände att jag hade makt över Karl nu. Jag hade råd att tycka synd om honom eftersom jag inte såg honom som ett hot längre. Jag var inte rädd för lejonet längre.

"Ha det så kul", sa han och lät för en gång skull som om han menade det.

"Jadå, det ska jag."

Jag bytte några fler meningslösa ord med honom

innan jag öppnade dörren och gick ut i trapphuset. Vinkade åt Karl, som stängde efter mig, och klämde fast luren vid örat med axeln medan jag tryckte upp hissen.

"Hallå, Veronica, är du kvar?"

"Jadå. Var det Karl?"

"Ja. Vet du, han är ingen för mig nu. Han har ingen makt längre."

"Du ser! Det är fantastiskt. Vi är nya människor nu. Ingen kan bestämma över oss längre. Vi gör vad vi vill!"

"Ja, du kanske har rätt."

"Det är vår värld nu."

"Har det inte alltid varit det?"

"Haha, jo! Det är klart det har."

Jag stod i hissen och såg mig i spegeln. Jag hade sminkat mig mer än vanligt. På något sätt kände jag mig mycket äldre nu och ville att mitt ansikte skulle visa det. Jag ville inte ses som ett barn. Jag var vuxen nu. Jag var full av kraft och jag ville att förändringen skulle synas.

"Veronica", sa jag. "Vi hör ihop. Jag har saknat dig också."

"Jag med. Då ses vi i morgon kväll då?"

"Jag ska se hur jag löser det. Men det ska gå. Jag kanske kan få Henrik att skjutsa in mig till stan. Vi hörs igen senare."

"Bra, Essi, det blir grymt!"

"Fettgrymt, Niki!"

Jag kom ner till gatan och sa hej då till Veronica. Hoppade in i bilen där mamma och Henrik väntade. Jag åkte i baksätet. Såg Karl stirra ner på oss från vårt köksfönster.

Medan jag trasslade med bilbältet kände jag mig glad

över att ha återknutit kontakten med Veronica. Samtidigt var jag även lite orolig över vad jag egentligen hade gått med på. Menade hon allvar med att dra ut och jaga? En människa? Menade hon på riktigt att vi skulle bita någon? Dricka blod?

För mig kändes det mer som en idé, ett koncept, en föreställning.

Inte bara en lek, men inte heller helt på riktigt.

Jag tänkte mig det nog som nån sorts verklig fiktion.

Som om jag skulle spela en roll i en berättelse.

Verkligt utan att vara verkligt.

Förflyttning

Lördagen började med att jag var så fruktansvärt arg på mamma. Hon gräddade våfflor till frukost för att ställa sig in. Sen lämnade hon stugan och tog bussen tillbaka in till stan. Hon sa att hon skulle göra några ärenden och sedan komma hit ut igen. Jag läste, solade och badade medan Henrik snickrade på ett av uthusen.

Jag väntade hela dagen på att hon skulle komma tillbaka. Det var ju enda anledningen till att jag följt med ut. Att jag skulle få tid med henne. Så jag kunde börja prata om vad som hände mig. Vad jag och Veronica höll på med. Om vårt speciella förhållande. Vad som hade hänt när vi var i det där jävla huset. Mardrömmarna. Att jag höll på att tappa kontrollen.

Henrik är snäll men det var inte honom jag ville prata med. Han märkte att nåt var fel med mig. Sen blev han lika orolig som jag när mamma aldrig kom tillbaka nån gång. Hon svarade inte fast vi båda försökte ringa flera gånger.

För att distrahera mig drog Henrik igång grillen och medan vi grillade låtsades vi båda två att vi inte undrade om något hade hänt henne.

Till slut, på kvällen svarade hon. Hon hade glömt bort att ringa sa hon. Det var så mycket att göra. Kommer i morgon eftersom det blev sent.

Jag blev så fruktansvärt arg att jag typ fick blackouts. Det enda jag minns är att jag gick omkring inne i stugan och skrek medan Henrik stod ute på gården och tog hand om resterna efter grillningen.

Han blev nog lite rädd för mig. Det såg jag på honom senare. Det skäms jag för.

Han är schysst och förtjänade inte det. Men jag blev så besviken på mamma. Varför berättade hon inte den verkliga anledningen till varför hon inte kom tillbaka? Varför ljög hon och sa att allt var bra när jag förstod att det inte var det? Hade nåt gått snett med hennes hemlighet? Eller ville hon bara vara ensam hemma med Karl? Var det så enkelt?

När jag lugnat mig lite försökte jag få Henrik att skjutsa mig in till stan. Sa att om Gabriella åkte till stan så ville jag också åka tillbaka. Jag tänkte inte vänta på henne utan att veta när eller om hon kom tillbaka. Jag sa att jag hellre var med Veronica.

Jag var nog ganska hysterisk och påstridig för till slut gick Henrik med på att ta bilen och skjutsa mig hem till Veronica. Jag sa att hon och jag skulle stanna hemma hos henne och göra något roligare än att vänta på folk som var frånvarande.

Stackars Henrik såg ledsen och villrådig ut. Han har inga barn så han visste inte hur han skulle hantera mig. Jag försäkrade honom om att allt var okej, att mamma känner Veronicas föräldrar, att jag skulle sova över där och åka direkt hem till lägenheten nästa dag.

Nöjd med den lögnen släppte han av mig på gatan hos Veronica och åkte ensam tillbaka till stugan.

Så fort Henrik försvann utom synhåll kom Veronica ut och vi drog vidare. Vi pratade inte så mycket just då. Hoppade direkt på tvåans buss och åkte till en förort nordväst om stan. Hon kände nån som bodde där sa hon kort. Hon hade med sig en väska med kläder som vi skulle byta till sen. Ville inte säga så mycket mer på bussen medan folk hörde.

Hennes kroppshållning var helt annorlunda. Hon visade ingen som helst undergivenhet inför mig längre. Snarare tvärt om. Stötte emot mig av och till. Som om hon ville göra en grej av att hon inte riktigt brydde sig om var jag befann mig.

Jag visste att vi inte skulle återuppta vår maktförskjutning, men det kändes konstigt ändå. Det var ju så vi hade umgåtts de senaste året.

Hon var som nån annan nu. Nån jag inte riktigt kände.

Jag funderade på varför hon ville ha med mig.

Kanske ville hon, precis som jag, ha någon med sig som förstod vad som hänt henne. Som förstod att hon hade förändrats. Som förstod vad hon nu var.

Eller så kanske hon bara ville ha backup om något gick

snett under jakten. Som när den där killen hon hoppade på slog tillbaka.

Förmodligen lite av båda. Hon var svår att läsa.

Vi klev av bussen vid den sista hållplatsen, precis innan höghusen tog slut och villaområdet började.

"Vart är vi på väg", frågade jag.

"Jag ska dränka dig i Semsån", sa hon och skrattade.

"Mäh! Håll käften! Vart ska vi?", kaxade jag tillbaka.

"Jag har lånat nycklarna till Marias lägenhet. Hon är inte hemma i helgen så vi kan vara där och förbereda."

"Vem är Maria?"

"Men hallå, guldfisk! Min kusin. Som fixade biljetterna till rejvet."

"Justja. Fan, vad skönt att vi kunde ses. Jag blir vansinnig på morsan. Hon bara tänker på sig själv. Tänkte lämna mig ensam med Henrik i stugan hela jävla helgen."

"Skit i henne. Skit i allt. Vi kan göra vad vi vill hädanefter. Ikväll är det dags. Känner du det inte?"

Hon hade rätt igen. Jag kände hela kroppen pirra och genomsyras av någon form av upprymdhet. All irritation och ilska hade runnit ur mig. Min mens hade börjat i stugan utan att jag märkte det. Ingen värk alls.

"Jo, jag känner mig konstig, men taggad", sa jag.

"Bra. Vem känner sig inte konstig?"

Det var en typisk Veronica-grej att säga.

Helt förändrad var hon inte.

Försmak

Lägenheten var en tvåa på bottenplan i ett orange tegelhus. Det luktade rökelse så fort Veronica öppnade dörren. På väggarna hängde tyger med indiska mönster och en mängd överlappande mattor täckte hela golvet i vardagsrummet. Det fanns ingen teve och ingen soffa. Bara en massa dynor och kuddar, ett lågt bord, en bokhylla och en stor träkista i ena hörnet.

"Maria är en jävla hippie", sa Veronica och skrattade. "Se till att låsa efter dig."

Vi tog av oss skorna och hon frågade:

"Binda eller tampong?"

"Binda, hurså?"

"Byt", sa hon och räckte mig ett paket med tamponger. "Det har med ritualen att göra. Jag förklarar strax."

Hon såg ut att mena allvar så jag gjorde henne till viljes.

Det var fortfarande väldigt varmt efter den soliga dagen så när jag kom ut från toan hämtade vi varsitt glas med vatten i köket och drack det sedan sittande på mattorna i vardagsrummet.

"Jag behövde space bara", sa Veronica efter en stund. Hon tände rökelse för att ha något att göra medan hon pratade. "En paus, liksom. Jag är inte arg på dig eller så. Men jag är nån annan nu. Var tvungen att bryta grejen mellan oss. Det var då. Jag tyckte om det. Men nu är jag ny. Så jag behövde plats bara. Låta mig själv utvecklas, liksom. Okej?"

"Det kom så plötsligt bara. Jag är lugn nu."

"Men du fattar vad jag menar va?"

"Jadå, jag det är lugnt. Det var samma med mig. Jag har försökt förstå vad som hände."

"Det går inte förstå. Det behöver inte förstås. Det viktiga är vad vi är nu."

"Och vad är vi nu?"

"Köttätare."

"Köttätare? Hurdå?"

"Det fattar du väl. Har du inte känt hur tänderna liksom glider ut och blir längre när pulsen börjar slå? När du blir arg eller kåt?"

"Jag vet inte..."

"Och hur fingrarna blir skarpa", hon höll upp sina helt normala händer och tittade hänfört på dem. "Skarpa och spetsiga. Som om de blir långa klor."

"Jag har drömt om det, hur jag förändras..."

"Drömt? Jag har sett hur det sker framför mina ögon. Det är som en kraft inom mig, som vill ut, på samma sätt som en orgasm vill ut. Fast det är nåt helt annat. Du vet vad jag menar, eller hur!"

Hon hade helt rätt igen. Jag visste precis vad hon menade. Jag hade legat och tittat på mina egna händer kvällen innan.

"Ja, något konstigt hände med mina fingrar igår kväll. Jag låg och myspillade. Men så började det klia i händerna. I fingrarna liksom. Under naglarna. Jag drog upp ena handen och lämnade den andra. Såg att fingrarna ändrat form, som du säger. De hade smalnat av. Det var som en skarp kant istället för det där snurriga mönstret som brukar vara längst fram. Ju skönare jag smekte, desto vassare blev fingrarna. Det började göra ont därnere. Handen därnere förändrades förstås samtidigt som den jag tittade på. Men jag kunde ändå inte sluta. Det var som om jag fylldes av nån sorts eufori. Det kom blod. Men jag hade förberett med en handduk eftersom mensen var på väg. Så jag klöste mig tills jag kom."

"Jag vet vad du gjorde sen", sa Veronica och log.

"Ja", sa jag och rodnade.

"Haha, devotshka! Du slickade i dig blodet!"

"Men det saknades nåt. Det smakade gott, men gav inte samma buzz som jag hade förväntat mig."

"Det måste vara någon annans blod. Färskt och gott. Jag kan inte sluta tänka på killen i löpspåret häromdan. Det var så fullt av liv och puls!"

"Men varför? Varför blir vi höga av blod?"

"Vem bryr sig! Det är kraft, det är makt! Visst hade såren på din vagis läkt i morse?"

"Ja, helt slät, inte ens sårskorpor."

"Vi är oövervinnerliga!"

"Men killen som slog tillbaks?"

"Jag var inte beredd. Det var inte dags. Nu är vi redo."

"Vad tänker du att vi ska göra?"

"Vi ska göra en sorts ritual. Det är magi. Det kommer fokusera oss, göra oss starka och skarpa."

"Hurdå?"

"Jag hittade en tjej på nätet. Hon har en blogg. Vi är inte de enda. Hon vet också. Hon är doktorand och har skrivit en avhandling om nåt urgammalt språk. Hon är seriös alltså. Hon skriver det som noveller men kallar texterna för orakel av nån anledning. Fast det är på riktigt. Hon kallar sig Melia."

"Så hur ska vi göra?"

"Enligt Melia kallas vi Uridim Lili. Vi skapas två och två. Som blodsystrar. Törst, våld eller kåthet triggar förvandlingen. Men vi kan kontrollera det bättre om vi själva låter tänderna växa, bit för bit, under gradvis smärta."

"Uridim Lili?"

"Ja, det är från Melias gamla språk. Asymmeriska, tror jag hon sa."

"Hur hittade du den här informationen?"

"Jag sökte på nätet, hittade Melia och skrev till henne. Hon svarade."

"Är hon också... köttätare?"

"Nej, men jag tror hon är nåt annat, vet inte vad."

"Hur har hon fått reda på allt det här då?"

"Tror hon är med i ett sällskap med nån sorts magiker i Stockholm. Hon sa att det finns minst en grupp här uppe i stan också. Luna Zarya. Det var de som ordnade ritualen på rejvet. Min farfar var också med i ett hemligt sällskap för länge sen. Vi kan prata mer med Melia senare. Men nu ska vi göra det här."

Veronica tände några ljus och ställde bredvid rökelsen innan hon satte sig igen.

"Melia säger att magi är typ att forma världen, eller sig själv, med sin vilja. Så vi måste liksom vara på rätt humör. Försätta oss i trans. Det var så vi tog oss genom väggarna i källaren. Rejvet. Dansen. Extasen. Det är första steget. Sen den fokuserande ritualen i källaren.

Den öppnade själva hinnan."

"Okej. Trans. Och sen?"

"Sen väcker vi köttätarna i oss", sa Veronica och lade fram ett ihopvikt, ganska slitet läderfodral ihopknutet med en remsa mörkrött tyg. Mitt på ena sidan var några spretiga symboler präglade: ⌐Ⅱ⌐ 虭.

"Vad är det där", frågade jag.

"Det är ett handgjort set med Thanica-nålar."

"Vad är det?"

"Jag köpte det av Melia."

"Thanica? Slutar på i-c-a, som både mitt och ditt namn?"

"Det är en slump. Det är ett namn från typ medeltiden tror jag."

"Vad kostade det?"

"Femhundra euro, typ. Eller sexhundra nånting."

Samtidigt som jag undrade var hon fått så mycket pengar från så tänkte jag även att hon blivit lurad. Suckade omedvetet åt detta. Hon blev arg över min reaktion, men försökte hålla sig lugn. Jag frågade inte om pengarna.

"Okej, visa mig vad det är", sa jag istället och försökte låta positiv så hon inte skulle bli aggressiv igen.

Hon rullade försiktigt upp knytet och det visade sig vara ett fodral för tjugofyra vassa metallspikar. Eller kanske någon sorts sylar utan handtag och med små hål längst upp. Såg ut som något en skomakare använder för att göra hål i läder med.

"Nålarna är specialtillverkade i sån där kirurgisk metall."

"Titanium? Då förstår jag att det var dyrt."

"Just det. Jag har kokat dom i tjugo minuter, så dom är sterila."

"Varför ska dom...", började jag säga. Men sedan förstod jag vad tanken var. Vad vi skulle ha dem till.

Med ens var stämningen helt annorlunda för mig. Jag hade haft nån sorts spännande anden i glaset-känsla sedan vi kom hit och hon började prata om magi. Tänkte att vi skulle läsa formler på latin eller nåt sånt. Att vi skulle låtsas. Men det här var ingen lek. Det visste jag ju egentligen. Inom mig växte allvaret.

Veronica förklarade ivrigt:

"Ett Thanica-set består av två gånger tolv nålar. Sex par vardera. Varierande tjocklek. Tolv centimeter långa. Förr gjordes dom i järn så dom kunde vara magnetiska. Dom trodde det var viktigt förut. Men det är det inte. Så nu görs dom i kirurgiskt titanium. Dom är slipade med en spets och en skarp egg längs hela längden, ända upp till öglan. Jag har köpt björntråd som vi kan knyta fast dom med."

"Varför ska man göra det?"

"Som en sorts säkerhetsåtgärd. Man knyter fast alla nålarna i något som sitter fast, en möbel, ett element eller nåt sånt. Sen, om nån tappar kontrollen, ger sig iväg, då dras nålarna ut och blir inte kvar i kroppen."

"Så, alla tolv?"

"Tolv var. Och vi är alltid två och två så det blir tjugofyra tillsammans."

"Varför tolv? Och alltid två? En natt och en dag?"

"Jag vet inte, jag frågade aldrig", sa Veronica och kröp

fram till bokhyllan. En våg av känslor sköljde över mig när jag såg henne på alla fyra. Gud, så jag saknade makten. Kontrollen. Lydnaden. Fan också. Om jag bara kom nära henne igen kanske vi kunde återuppta vår maktbalans trots allt.

I bokhyllan fanns en gammal förstärkare med inbyggd kassettbandspelare och Veronica stoppade i en kassett som hon uppenbarligen hade fått med när hon beställde nålarna. På fodralet stod det handskrivet med röd tusch-penna: *Les guêpes réveillent le loup #3.*

Hon stängde luckan och tittade över axeln på mig.

"Är du redo?"

"Skjut!"

Hon tryckte på play och tillsammans påbörjade vi vår andra resa genom verklighetens tunna skikt.

Ceremoni

Musiken, som kom ur högtalare dolda bakom väggarnas tygskynken, var till en början elektronisk ambient. Nån sorts djupt vibrerande stämningsljud med borduntoner, brummanden och elektriska surr. I bakgrunden anades mullrande maskinljud och ovanpå det enkla antydningar till melodislingor som kom och gick.

Jag fick genast flashbacks till vår tidigare resa in genom källaren. Den som gjort inspelningen hade också varit därinne på andra sidan och hört ljuden.

"Bara slappna av en stund", sa Veronica med nästan viskande röst. "Det är ingen brådska. Vi öppnar i vår egen takt. Bara rensa hjärnan. Stilla tankarna. Mindfullnessa. Andas och hitta ett lugn. Slappna av."

Det var inte helt lätt. Men jag försökte göra som hon sa. Blundade och intalade mig själv att jag skulle vara stilla. Tankarna gled iväg som de ville och efter ett tag försökte jag snarare hålla dem lugna än att stoppa dem helt. De var nyfikna och ville in i det där andra rummet som öppnades av den växande ljudbilden.

På något sätt lyckades musiken och min långsamma andning lugna ner mig. Den fick mig att lämna nervositet och självanalytiska tankar utanför mitt medvetande. Det var som om jag med hjälp av dörrar och fönsterluckor stängde ut en virvlande snöstorm.

Jag trängde bort min undran över hur Veronica hade kunnat lära sig allt detta så snabbt medan hon, fortfarande nästan viskande, fortsatte att instruera.

"Nu ska vi skala av oss våra vanliga kläder. Ta av våra vardagliga själv och klä oss i rituella kläder. Klä på oss våra magiska jag. Det är symboliskt, liksom. En mental grej. Och jag vet hur du är, jag lovar att inte titta."

Hon vände sig med ryggen mot mig och började klä av sig alla kläder. Sakta, som om hon njöt av det, plagg efter plagg, tills hon satt helt naken. Bara tampongtrådarna stack ut.

Jag hade haft henne naken framför mig många gånger, men hon såg aldrig mig utan kläder. Nu försökte jag behålla lugnet jag hittat och litade på att hon inte skulle vända sig om.

Det var förvånansvärt befriande att klä av sig. Jag gillar egentligen inte att vara oklädd. Känner mig sårbar och utsatt. Men nu var det som om de yttre delarna av mig själv lossnade och följde med bort när jag tog av tröjan, byxorna och det andra.

Veronica tog fram väskan hon haft med sig och plockade upp vad som verkade vara helt oanvända kläder ur den. Det var paket med strumpor och trosor, två par svarta träningsbyxor med vita ränder på sidorna, två sport-behåar, svarta linnen, svarta huvtröjor och två par billiga träningsskor. Allt med prislappen kvar. Kanske hade hon stulit alltihop, jag vet inte.

"Ta på dig trosor och behån så jag kan vända mig om", sa Veronica och räckte mig en sax så jag kunde klippa bort lapparna.

Tacksam för omtanken klädde jag på mig. Hon visste väl att det inte skulle ha gått så enkelt att övertala mig om hon hade tittat på mig. Hon förstod hur hon skulle hantera situationen för att få med mig. Även om hon inte var så logiskt intelligent var hon smart på andra sätt.

"Hade du varit en pojk-flicka hade vi kunnat göra det här med tantra. Men nu är du kuklös så vi får använda Thanica-nålarna istället. Det är vanligaste sättet ändå. Det är väldigt få med kuk som blir köttätare säger Melia. Bara några enstaka schamaner som rör sig i gränslandet mellan könen. Som är bi, pan, trans eller nåt sånt."

"Så, hur använder vi nålarna", frågade jag. På något märkligt sätt var jag mer nyfiken än orolig över vad vi skulle göra med dem.

"Det är fokusnålar. Vi sätter dem på varandra. Enligt ett visst mönster. Ser till att ta kontroll över smärtan så att vi kan styra och hålla tillbaka förvandlingen. Genom att öka smärtan gradvis är det lättare att fokusera och behålla medvetandet."

"Vem har kommit på det här? Melia?"

"Nä, hon nämnde nån nunna från 1600-talet som hette Jocelyn nånting. Det var hon som gjorde de första Thanica-nålarna."

Musiken hade nu fått en mer tydlig rytm och röster och körer hade börjat vävas in. Jag förstod att det var en enda lång inspelning som eskalerade med tiden. Den skulle förmodligen bli lika hypnotisk och intensiv som musiken i källaren på rejvet var innan den tog slut.

Veronica tog fram en rulle svart, tjock tråd och klippte sedan loss några armslängder tråd åt oss var.

"Nu knyter vi fast nålarna. Vik snöret dubbelt och gör en ganska lång ögla i mitten. Sen sätter du den tjockaste nålarna några decimeter från öglan. Sen sprider du ut de andra i storleksordning ut mot ändarna. Den tunnaste ytterst. Gör det noga. Fokuserat. Som en ceremoni. Du tar nålarna från den där sidan", sa hon och pekade på fodralets vänstra sida.

Insidan av det uppvikta fodralet var dekorerat med svårtydda bokstäver som verkade ha bränts in i lädret och för varje par av nålar hade små siffror stansats in i lädret. Förmodligen var det diametern i något mått jag inte kände igen.

När jag drog ut den första decimeterlånga nålen insåg jag att "tunnaste" var ett relativt begrepp. Men även om de tjockaste nålarna, sylarna, spikarna, eller vad man ska kalla dem, var nästan en centimeter tjock så kände jag mig inte orolig när jag knöt fast tråden i de små öglorna.

Jag var snarare nyfiket exalterad. Pulsen hade ökat och jag kände mig varm, nästan ivrig. Började få svårt att koncentrera mig på knytandet.

"Fokusera", ropade Veronica när hon såg på mig att jag började driva iväg från handarbetet. "Vi ska hålla det tillbaka, ju. Du måste vara koncentrerad!"

"Ja, jag ska, jag bara...", mumlade jag och skakade på huvudet. "Nu är jag med."

Musiken, atmosfären, maskinerna och ljuden hade ökat både i volym och intensitet. Allt började kännas overkligt. Som om det inte längre fanns några väggar bakom draperierna. Rummet vi befann oss i skulle nu lika gärna kunnat ha varit en del av den märkliga källaren långt in under ödehuset.

Min förväntan fick det att pirra i bröstet på mig och vi var båda på väg att börja lösas upp. Det kliade i fingrarna igen och det var som om det smakade järn i munnen.

"Fokusera nu, Jessica", sa Veronica och tog upp en av de tunnaste nålarna på min tråd. "Känn smärtan, bejaka den, låt den stråla, men låt den inte ta över dig. Låt den inte peta hål på dig. Du ska ta kontrollen över den och betvinga den."

Så grep hon tag i mig och tryckte in hela nålen i muskeln på översidan av min underarm.

Jag skrek till mer av överraskning än av smärta. Det pirrade i hela armen och efter en stund var jag inte ens säker på att det var smärta jag kände. En varm och skön känsla spred sig istället genom kroppen och jag lyssnade på Veronicas röst. Hon försökte vara mitt ankare och hålla mig koncentrerad på självbehärskning. Så att jag skulle stanna kvar i rummet, vid medvetande, och inte ge efter för lusten som växte inombords. När jag efter några minuter stabiliserat mig igen kände jag mig fortfarande lätt euforisk men i full kontroll.

Veronica log framför mig och det gjorde även mig glad. Hon hade inte lett mot mig sedan vi satt i trappan och vilade på rejvet. Det var ett gott tecken.

"Samma ställe", sa hon och höll fram armen.

Hennes minspel var fascinerande och mycket vackert att se. För varje ytterligare nål vi satte i armarna, på kroppen, ryggen och ner över låren där de tjockaste nålarna hamnade, så ökade flödet av adrenalin, svett och blod.

Det svartnade för ögonen under några sekunder då de allt tjockare nålarna trängde in genom huden. Smärtan kändes djupare och djupare in och var allt svårare att värja sig från. Det blev till slut omöjligt att distansera sig från våra kroppar.

Varje metallspets som fördes in genom hud och kött fördubblade den skärande känslan av att vi var på väg att slitas sönder. Smärtan tvingade oss dock att identifiera oss med våra kroppar. Det fanns inget annat. Kroppen var smärtan. Det fick oss att fokusera.

Till slut gick inte att bara trycka in nålarna försiktigt längre, huden och köttet var för segt, så vi var tvungen att hugga in dem med mer och mer kraft. Och med det kaos som pågick inom oss var det lätt att dras med i aggression och det var allt svårare att tänka klart.

Mina fingrar såg konstiga ut när jag grep nästa nål och när jag försökte hålla fast Veronica blottade hon tänder som verkade alltmer spetsiga och morrade åt mig.

När hon med all sin kraft slog in den sista, nästan centimetertjocka nålen, i mig så skrek vi båda två. Jag tror att vi höll så hårda grepp om varann att våra fingrar klöste sig in i varandras kött.

Det var den rena smärtan som höll mig kvar i rummet fastän min kropp, eller det kaos som ville ta över min kropp, gjorde allt för att förmå mig släppa kontrollen och retirera in i tankarna så att kroppen kunde lämna lägenheten och springa ut i friheten utan mig.

Men tack vare att smärtan ökats gradvis lyckades vi båda stå emot förvandlingen. Även om vi stod och morrade framför varandra var det som om vi lyckades tvinga oss själva att återgå till en mer normal form. Tänderna var nästan normala. Naglarna förblev däremot ovanligt vassa.

Vi stod där och såg på varandra. Uppfyllda av styrka och en självsäker känsla av att vara oövervinnerliga. Vi hade tagit kontroll över den främmande kraften vi bar inom oss.

Nu visste vi att vi kunde göra vad som helst.

Det var någon form av rå, feminin makt som forsade genom oss, någon sorts urkraft, något som var mycket äldre än oss. Vi började skrika, nästan tjuta eller yla, av lycka.

Nålarna bekymrade oss inte längre.

Vi ägde smärtan.

Vi hade full kontroll.

När vi hämtat oss lite från vågen av eufori tog Veronica den långa öglan av björntråd som dinglade mot hennes lår och gav den till mig. Sen log hon och viskade dramatiskt:

"Dra!"

Mina muskler var så laddade att jag nästan ramlade omkull när jag med ett hårt ryck samtidigt drog loss alla tolv nålarna ur Veronica.

"Jaaa", vrålade hon djupt som av en djurisk orgasm och jag såg hennes strålande vita kropp, som en fullmånsgudinna i det mörka rummet, fläckas av klarrött blod.

Sedan gav jag henne min ögla.

När hon ryckte var det som om hon drog loss en mental tsunami av skärande smärta genom hela min kropp. Det var otroligt renande och när mitt skrik ebbade ut kände jag att jag skrattade.

Vi darrade och var uppspelta. Fyllda av adrenalin och endorfin. Vi fnissade och klädde snabbt på oss de svarta träningsbyxorna, huvtröjorna och skorna.

Sedan gav vi oss ut genom balkongdörren i sovrummet och lämnade den olåst bakom oss.

Det var dags att jaga.

Hembesök

Jag tror aldrig jag sett en så ljus natt någon gång. Allt var väldigt skarpt och kontrastrikt. Färger var murrigt mättade och alla detaljer ovanligt klara.

Ändå bleknade de visuella intrycken inför alla dofter jag kände. Wow! Jag kände verkligen precis allt runt oss.

Jag kände doften av asfalten i gångbanan vi gick på, gräset bredvid den, någon enstaka bil ute vid vägen, bensinmacken på andra sidan av de höga hyreshusen, träden, skogen och vattnet i ån längre norrut, den stora sjön väster om villaområdet, grillat och annan matos från husen, sopor, husdjur, människor...

Alla människor som trängdes i husen samlade både en lockande doft och en motbjudande stank. Det är svårt att förklara. Kanske som ett skafferi fullt med nybakat bröd som luktar så gott att man dreglar samtidigt som man upptäcker att det ligger bortglömda mögliga limpor på hyllan bredvid. Eller kanske som ett kylskåp när man mitt bland all god mat känner att något har blivit gammalt och börjat surna, men man vet inte riktigt vad.

Ja, det var så det kändes när vi lämnade lägenheten. Hyreshusen bakom oss var som stora kylskåp. Med hyllorna fulla av färskt kött och några enstaka ruttnande as.

Med allt som pågick i kroppen efter Thanica-ceremonin var det omöjligt att förflytta sig långsamt. Så för att få utlopp för vår rörelseglädje sprang vi fram, helt utan ansträngning, utan att svettas, knappt andfådda.

Efter bara några minuter passerade vi det lilla skogspartiet där Semsån rinner genom tunneln under den större vägen som ringlar sig fram genom området. Sedan kom vi fram till utkanten av det sista radhusområdet. Det var inramat av stora granar och mörk skog.

En bit in i området stelnade Veronica till och saktade snabbt ner till vanlig gång med en diskret nickning bort mot ett av husen på vår vänstra sida.

Jag hade redan känt dofterna och visste allt om dem

innan jag såg dem. En medelålders man med en Golden Retriver var på väg ut på kvällspromenad. Hunden var ganska ung och vältränad, hade fin päls och var inte sådär sönderavlad som de kan bli. Mannen gick lätt haltande och jag kände en svag aning av smärtstillande kräm.

När hunden såg oss fällde den genast ner svansen. Såg ut som om den ville stanna och vända. Låtsades att den inte tittade på oss men höll hela tiden koll på var vi var. Tittade oroligt upp på husse för att se om de verkligen skulle fortsätta framåt. Mannen gick i egna tankar och märkte oss knappt.

Medan vi fortsatte såg jag hur Veronica log konstigt och höll en fokuserad blick på mannen. Han passerade förbi oss åt motsatt håll framför en garagelänga med rosa dörrar. När hon särade på läpparna såg jag hennes tänder blänka till för en sekund i månskenet.

Sen släppte hon fokuset på honom, fnissade till och viskade:

"Vi äger dom allihop, Essi! Vi äger dom nu!"

Jag skrattade också. På något sätt höll jag med. Just då kändes det verkligen så.

Det fanns inget att vara rädd för, inget att oroa sig för.

Det var vi som ägde världen.

När vi kom fram till tvåans ändhållplats pekade Veronica på den lilla rondell där bussen brukade vända. I den runda, gräsbeklädda ö som bildades av vändslingan fanns en stor sten, en björk och en gatlampa. Utanför slingan fanns en nedklottrad busskur som stank av alkohol, parfym och urin från hormonstinna tonåringar.

"Titta", sa Veronica entusiastiskt, som om hon sett något fascinerande. "En perfekt cirkel, det blir vackert. Det kommer dom att komma ihåg. Hit kommer vi tillbaka."

Jag förstod vad hon tänkte och ändå följde jag med henne.

Jag visste vad hon planerade. Vad syftet med vår utfärd var. Hon hade planerat allt innan, ceremonin, de nya kläderna, var vi befann oss, allt var hennes plan.

Hon hade inte förklarat något för mig, men jag visste.

Förmodligen hade jag förr eller senare slutat försöka hålla tillbaka begäret och tänkt ut något liknande själv.

Det vi nu bar inom oss var bortom rätt och fel.

Vi var vargar som inte bekymrade sig över om det var rätt eller fel att jaga hjortar – det är ju vargarnas natur att fälla byten. Vad ska vi annars äta?

Nånstans inom mig fanns nog ett tvivel. Men det hade tryckts så långt ner av ceremonin, av smärtan från nålarna och vår kontrollerade förvandling, att det bara var som ett avlägset brus.

Jag kände mig både mer primitiv och mer utvecklad på samma gång. Som om vi var en mycket äldre art än människor. En art som hade utvecklats mycket längre. Vi kände oss både mer naturligt intuitiva och mer intelligenta än människorna som levde sina små trångsynta liv i sina små lådor till hus. I våra ögon var de instängda som boskap. Mentalt och fysiskt var de köttdjur och samhället de skapat var farmen där de göddes till slakt.

Veronica och jag hade sett igenom den illusionen.

Vi hade brutit oss loss från fängslande normer och budord.

Vi tillhörde inte samhället längre. Vi stod utanför.

Vi var vilda och fria.

I norra änden av radhusområdet tog den tjocka skogen vid och fortsatte ända upp till fjällen. Jag kände att jag hade kunnat fortsätta springa, vidare mellan träden, genom den halvskumma natten och aldrig komma tillbaka.

Men Veronica hade sin plan och den skulle utspela sig här i stadens absoluta utkant. Det var här vi oåterkalleligt skulle öppna slussarna och släppa fram floden av blod.

Jag kände hungern i mig. Men det var inte en uppfordrande hunger som krävde att bli stillad. Det var en förväntansfull hunger. En glädjefull måltid väntade.

Vi lämnade vägen och smög in i skogen bakom den sista huslängan. Det hade stått gammal skog på hela området innan det bebyggdes och här, på andra sidan av lantmätarnas linjer, stod de tjocka granarna kvar. De dolde oss väl där vi smög fram över lingonriset.

Varje hus hade sin egen uteplats. Väl avskild från de andras med höga plank. Alla hade sin fålla. Med en likadan grill och likadana utemöbler, sandlådor, uppblåsbara barnpooler, studsmattor, gungor och plastleksaker.

Inga delade, alla hade sina egna saker, alla hade så starka gränser gentemot andra, alla trodde att de hade kontroll över sina liv, alla var kedjade i osynliga bojor, fjättrade i familjer, fångade av plikt och skuld, betvingade av tradition.

Jag kände att jag aldrig skulle kunna leva fängslad i en familj igen.

Husen i det här området var målade i olika variationer av gult och gul-orange. De hade två våningar. Den övre våningen var mindre än bottenvåningen och därför fanns det sneda tak som ledde fram till fönstren på övervåningen. Det var fortfarande varmt ute, fast det var såpass sent på kvällen, så många fönster stod på glänt.

Veronica pekade på ett sånt fönster i ett av de mittersta husen och jag såg ett blåaktigt ljus som skiftade och blinkade därinne.

"Känner du", frågade Veronica och log exalterat mot mig. "Känner du hur pulsen ökar?"

"Ja, det känns som hela kroppen darrar. Jag vill springa."

"Snart, Essi. Först ska vi locka fram bytet."

Vi smög in på bakgården och hukade bakom några buskar. Jag kände hur Veronica hade rätt. Hjärtat bankade nu hårt, så hårt, och i munnen samlades saliv. Jag fick svälja hela tiden för att inte börja dregla. Det verkade vara ännu värre för Veronica. Det bubblade av saliv ur hennes mun och hon var blank om hakan. När hon pratade hängde långa strängar från hennes läppar.

Våra fingrar var nu vassa och hårda, så vi fick bra grepp när vi utan svårigheter klättrade uppför väggen, till den lilla avsatsen på det svarta tegeltaket. Vi kröp närmare fönstret och förstod av ljudet och det blinkande ljuset att någon satt därinne och spelade datorspel.

Jag såg Veronicas tänder. Väldigt spetsiga nu. Hennes kroppshållning var helt annorlunda – och jag visste att jag såg likadan ut själv. Hon satt intill fönstret och liksom njöt av ögonblicket, av själva smygandet, det fokuserade lugnet och uppladdningen innan själva jakten började.

Då kände jag doften av människan därinne. Den kom sipprande genom glipan i det öppna fönstret. Jag visste direkt vem det var. Vem som satt inne i rummet. Mitt hjärta hoppade över några slag och den där svaga rösten som tyckte att något var fel blev för några ögonblick starkare. Den försökte hejda det vi höll på med. Försökte få mig att vända om och fly därifrån innan det var för sent.

Även om det var Veronica som valt ut vårt första byte så var det ändå mitt fel. Det var jag som hade berättat för henne vad han hade sagt om henne. Men hur skulle jag ha kunnat veta då vad som skulle hända nu?

Hon var inte bara här för att jaga. Hon skulle hämnas.

Det var Liam Andersson som bodde i huset. Han från parallellklassen som Sofia berättade om. Han som hade spridit rykten om Veronica.

Hon tittade skarpt på mig och frågade med sina dregliga läppar:

"Är du redo, Essi?"

Det var som hennes ord gav mig en injektion av värme i hela kroppen. Samma förväntning som hon hade inom sig fyllde även mig. Den tvekande rösten tystnade. Det pirrade överallt och benen darrade. Jag kunde inte hålla mig still. Jag försökte svara men fick inte fram ord. Saliven rann som vatten ur min mun fast jag försökte svälja.

"Koncentrera dig nu", sa hon när hon såg vilket tillstånd jag var i. "Håll fokus tills vi är ute igen. Var tyst tills vi vet hur många som är hemma."

Hon tog tag i fönstret och slet upp det så hårt att den lilla plastgrejen som hade hållit det spärrat på glänt gick sönder.

Sedan hoppade hon in i rummet.

Jag var så fylld av adrenalin och eufori att jag ville skrika. Det var som om vanliga människor bara var barn medan vi nu hade blivit vuxna. Mer än vuxna. Vi hade nått nästa nivå av utveckling och det gjorde mig så lycklig. Jag skulle få lämna mitt mörka, tråkiga liv och gå in i en ny tillvaro, en röd tillvaro fylld med glädje och extas. All kraft gick åt till att inte ge efter för instinkten som ville ta över mig.

Snabbt följde jag efter in i rummet. På golvet låg Liam skräckslagen och nedtryckt av Veronicas hårda grepp runt hans strupe. Hans ögon var så stora och han sprattlade nästan ljudlöst med armar och ben för att försöka komma loss.

Liam spelade hockey på vintern och nåt annat på sommaren. Han tränade jämt. Han och hans gäng var sportkillarna i skolan. Men de var schyssta, inga stereotypa översittare som i amerikanska filmer. De hade fysisk styrka att sätta emot mobbare och var alltid hjälpsamma. De var The Good Guys. Vänner med de flesta i skolan. Utom med Veronica förstås. Varför han hade spridit det elaka ryktet om henne vet jag inte. Kanske för att det var sant. Men det spelade ingen roll.

Nu låg han gurglade under henne. Hon över honom. Tryckte fast honom medan han kämpade efter luft.

"Ligg stilla så får du andas", väste hon intill hans ansikte. "Ligg stilla så släpper jag!"

Det tog en stund innan han fattade. Sedan slappnade han av en aning och hon tog bort sin hand. Han drog djupt och rosslande efter syre. Jag såg tårar i hans ögon. Jag kröp upp bredvid Veronica och vi satt båda på honom och tryckte ner hans armar.

När han återfått andan stirrade han på oss och såg ut att vara på väg att skrika. Då tryckte jag ner fingrarna i halsen på honom. Tog ett fast tag i hans tunga. Man kan göra så med hundar som det inte går få kontroll över. De blir då spaka och medgörliga. Precis som Liam nu blev.

"Var tyst och lyssna på mig nu", sa Veronica. "Nicka eller skaka på huvudet när jag frågar, annars dödar jag dig nu direkt, okej?"

Jag höll i hans huvud och nickade åt honom för att han skulle fatta.

"Är du ensam hemma?" – Nej, skakade han på huvudet.

"Är dina föräldrar hemma?" – Ja.

"Båda?" – Nej.

"Din mamma?" – Ja.

"Någon annan?" – Nej.

"Bra. Essi, du håller fast honom så tar jag hand om det", sa hon och överlämnade Liam till mig.

Jag släppte hans tunga och gränslade honom, höll ner hans båda armar med mina ben, höll honom tyst med min blick.

Veronica smög ut ur rummet och stängde dörren efter sig.

Under mig låg Liam, svettig och andfådd, jag kände hur hans puls slog hårt. Men det var inte samma sorts hårda slag som jag själv kände. Mitt hjärta slog av spänning, hans slog av rädsla. Det var så lätt att upptäcka nu. Allt var så tydligt. Alla signaler från hans kropp var så enkla att tyda.

Förutom rädslan så kände jag förvirring i honom. Han fattade inte hur vi plötsligt vara i hans rum. Han förstod inte varför han inte orkade ta sig ur mitt grepp. Hur kunde jag hålla fast honom fastän han egentligen var större och mycket starkare än jag?

Hans muskler ryckte och stretade ofrivilligt och jag kände honom vrida sig under mig när jag tryckte fast honom ännu hårdare med låren.

Hans kropp var varm och svettig av kampen och jag insåg plötsligt hur gott han luktade. Som stekarna Henrik och jag hade grillat tidigare på dagen.

Utan att egentligen tänka mig för böjde jag mig ner. Stack in näsan mot hans hals och drog in hans doft. Den var berusande.

Jag kände min puls i hela kroppen. Tryckte mig mot honom. Tog ett hårt grepp om honom, liksom omfamnade honom, och drog njutningsfullt i mig hans doft. Slickade på halsen och kände den salta smaken av hans mjuka hud.

Glädjen jag kände i det ögonblicket var ännu starkare än när den där tabletten på rejvet hade kickat in. Detta var ren lycka.

Mina tänder växte än mer. Läpparna svullnade upp. Jag kunde känna hur flytande kåthet började samlas i bröstet på mig. En känsla av upphetsning som tidigare brukade vilja få utlopp mellan mina ben fokuserades nu istället på min mun.

Min mun var erigerad som en vulva.

Strängar av saliv hängde mellan våra ansikten och jag försökte hålla tillbaka känslan som nu var på väg att bryta igenom fördämningarna. Han gapade och andades häftigt som om han visste vad jag var på väg att göra.

Men precis när jag knappt kunde hålla emot längre var det något som distraherade mig och drog mig tillbaka en aning, fördröjde mitt klimax.

Genom hans bylsiga byxor kände jag hur han hade fått stånd. En ung testosteronstinn pojke. En flicka som gränslar hans skrev och klämmer åt. Det spelade tydligen ingen roll att han själv var livrädd. Hans kropp reagerade ändå förhoppningsfullt.

Jag började plötsligt skratta högt. Det var så komiskt på nåt sätt. Pojkar – till och med döden är sekundär om det finns chans till sex. Det var så djuriskt. Så mänskligt.

Han rodnade. Till och med när han fruktade för sitt liv skämdes han över att tappa ansiktet inför en flicka.

Jag var glad över att inte vara en människa längre. Jag skulle slippa alla dessa begränsningar. Slippa alla dessa bojor den primitiva naturen för med sig. Jag skulle vara fri hädanefter.

Just som jag böjde mig ner igen och tänkte bita sönder hans hals kom Veronica tillbaka.

Hon slängde upp dörren utan bry sig om att vara tyst och jag såg på henne hur hon var förändrad igen. Hur hon tycktes ha vuxit ytterligare en decimeter. Hur hon alldeles uppenbart var något annat än en människa nu. Hon strålade nästan som en gudinna där hon stod i dörröppningen. Vacker och fruktansvärd.

Jag kände tydligt doften av blod. Från hennes händer, från hennes ansikte och framförallt från hennes andedräkt.

"Liam", ropade hon och log brett. "Jag har pratat med din mamma. Du får följa med oss ut en stund. Kom!"

Hon tecknade åt mig att släppa honom och han tog sig darrande upp på fötter. Förvirrat stod han där med sitt stånd i byxorna och visste inte vad han skulle göra. Veronica log fortfarande och såg på honom som om hon föreställde sig hur han smakade.

"Kom", sa hon till sist. "Var inte rädd. Vi går en promenad."

Hon ledde honom ut ur rummet. Kastade en blick mot mig. En blick som sa att hon tagit steget. Att hon nu gått bortom sitt tidigare liv. Att hon nu var hel. Och framförallt: att det nu var min tur att uppstiga med henne.

Medan vi gick nedför trappan tittade sig Liam nervöst omkring. På golvet i hallen låg en trasig mugg, ett par utslängda rosa tofflor och en blodig tuss med blont hår.

"Mamma", kraxade Liam ynkligt fram med tjock röst.

"Hon vilar sig lite. Du får komma till henne sen. Ta på dig skorna nu."

"Vad har du gjort", frågade Liam med grötig röst, som om han just vaknat.

"Snackat med din morsa", svarade Veronica och tittade på mig för att se om jag uppfattade ordvitsen. I vanliga fall hade jag nog tyckt det var roligt. Men humor fanns inte i mig just nu. Det var för abstrakt för att förstå.

Något tände till i Liams ögon och han försökte slå mot henne. Hon duckade snabbt och slog snabbt tillbaka. Så hårt att Liam föll in i skostället och spred en svärm av skor omkring sig medan han sprattlade på golvet för att ta sig upp.

Veronica högg sina vassa klofingrar i hans ena arm och slet upp ett par ytliga sår så det stänkte blod över den vita hallbyrån.

"Håll dig lugn, din horunge", skrek hon till honom och han började gråta.

"Köttet gråter", sa hon roat till mig och drog upp honom på fötter igen. "Kom nu så går vi."

Cirkeln

Barfota stapplade Liam ut genom den lilla trädgården utanför huset. Det fanns något irrationellt i hans beteende. Han tittade på äppelträdet och svartvinbärsbusken som om han aldrig sett dem förut. När han gick stapplade han som om han inte riktigt mindes hur man gjorde för att gå. Han var uppenbarligen i djup chock vid det här laget.

Innan vi gick vidare upp till gatan såg jag att han hade kladdat blod på ytterdörren när han stängde efter oss. Jag var nästan på väg att vända tillbaka. Min rationella motivering var att jag skulle torka bort det så ingen skulle upptäcka vad som hänt. Men i själva verket ville jag gå tillbaka för att slicka upp blodet.

Men det fanns ingen tid till det. Vi var tvungna att fortsätta nu. Innan vi blev upptäckta. Så vi fortsatte upp mot garagen och passerade på vägen en lång rad med huslängans postlådor.

"Peka på din brevlåda, Liam", sa Veronica.

Han lydde som en robot och höjde armen mot en låda märkt med Andersson.

"Vi borde lägga nåt i den", fortsatte hon. "Ska vi stoppa ner hans öra i den?"

Av allt som hände den kvällen var det ögonblicket nästan det värsta.

Att vi jagade, att vi behövde ett byte, alltihop hade varit helt naturligt för oss nu när vi var annorlunda. Det var inte konstig att vi behövde äta. Människor äter djur, vi äter människor.

Men att lägga hans öra i brevlådan. Att på det sättet, för skojs skull, åsamka smärta, både för Liam och för den som sedan skulle hitta örat, det var bara ren ondska.

Jag tänkte inte på detta då, hög av upphetsning som jag var, men sedan insåg jag.

Det var där det verkliga brottet mellan mig och Veronica skedde.

Innan jag hann säga nåt höll hon för hans mun och klöste loss halva hans öra. Hon slängde köttslamsan i lådan och släppte greppet om munnen när hon såg att han inte ens verkade fatta vad som hänt. I stället höll hon fram hans huvud mot mig. Bjöd mig att smaka.

Jag höll om honom som om jag tänkte kyssa honom medan jag slickade i mig blodet som rann. Drack från hans blödande öra.

Herregud. Det var så gott. Himmelskt. Salt och järn. Jag hade aldrig smakat något så underbart tidigare. Det var som att dricka ren lycka.

Mitt grepp om honom hårdnade och jag kände tänderna långt ute igen. Jag ville fortsätta med det jag varit på väg att göra medan vi var ensamma på övervåningen. Jag ville in i hans hals.

"Vänta, Essi, inte riktigt än", sa Veronica, som också kämpade med att behärska sig. Hon drog med sig Liam i ett fast grepp.

"Kom Liam, vi ska till busshållplatsen."

Vi fortsatte längs vägen och efter ett par hundra meter var vi tillbaka vid bussens vändslinga igen.

Vädret hade förändrats medan vi var inne i huset. Månen doldes nu till största delen av tjocka moln. Bara några enstaka revor släppte fram strimmor av ljus. Det var därför ovanligt mörkt ute trots att det var sommarnatt.

Busskuren liksom hukade intill skogen som stod hotfull bakom den. Enbart den lilla runda cirkeln av gräs i mitten av vändzonen syntes tydligt i ljuset från den ensamma gatlyktan.

"När kommer nästa buss, Liam?"

Veronica knuffade honom framåt mot busskuren och han stapplade vidare medan vi stannade i rondellen. Hon satte sig på den stora stenen och väntade.

"Spring, Liam!", ropade hon och han lydde. "Vad står det?"

Han gjorde sitt bästa för att läsa busstidtabellen. Men allt hade låst sig för honom. Hans högre hjärnfunktioner hade stängts ner och hans reptilhjärna kunde varken läsa eller förstå siffrorna, hur länge han än stirrade på dem.

"Jag vet inte", lyckades han svara. "Det bara snurrar."

"Hjälp honom", sa hon till mig. "Vi måste veta hur lång tid vi har på oss."

Jag sprang snabbt fram till kuren. Kände Liams varma doft av svett och blod. Var själv tvungen att koncentrera mig för att kunna läsa tabellen.

"Vad är klockan nu", frågade jag. "Jag har inte mobilen med mig."

"Justja, nej, inte jag heller. Har Liam nån klocka?"

"Jag vet inte", svarade han instinktivt som om frågan var ställd till honom. Men jag visste redan att han inte hade någon efter att ha hållit hårt i hans handleder så många gånger under kvällen.

"Men kuken också", svor Veronica. "Nä, skit i det då, kom tillbaka."

Liam halvsprang tillbaka. Han verkade finna nån sorts trygghet i att göra som Veronica sa till honom. Precis som hon hade funnit trygghet i mina order bara några veckor tidigare. Så snabbt saker kan förändras.

"Ta av dig tröjan", sa hon till Liam och han lydde.

Han är verkligen vältränad, tänkte jag och började dregla igen. Jag ville sätta tänderna i de där bulliga musklerna och gnaga loss kött som från ett revbensspjäll.

"Ni får bita mig om ni låter mig leva", sa Liam i ett sista ögonblick av klarhet. "Ni får göra vad ni vill om jag får gå hem sen. Snälla, får jag gå hem sen?"

144

"Du får göra vad du vill när vi är färdiga", sa Veronica och klöste honom djupt i hans överarm. Grep tag och bet sedan djupt i hans biceps med sina långa, vassa tänder. Blodet rann rikligt.

Jag kunde inte hålla mig längre. Något svämmade över i mig och jag nästan kastade mig över honom. Vi föll ner på marken alla tre och jag tror att jag morrade djupt innan jag äntligen lät mina tänder sluta sig om hans hals.

Jag kände hur jag penetrerade hud och varmt blod sprutade ur halspulsådern, rakt i min mun, pumpade så hårt att jag hann svälja och hela ansiktet blev kladdigt.

Jag släppte kontrollen och frigjorde äntligen allt som hade byggts upp inom mig. Det var som en urkraft, en damm som brister, en tiofaldig orgasm. Jag slet loss kött och tuggade, svalde och slickade, njöt och drack.

Liams kropp var inte längre en människokropp, den var ett byte, en måltid, ett pris, en seger. Den var allt som existerade. Omvärlden försvann. Jag försvann. Allt som fanns var ätandet och lyckan. Allt var perfekt.

Efter att ha förnekat mig själv, efter att ha förnekats min önskan, och sedan till slut kunna släppa greppet och ge efter.

Det var mitt uppstigande till en högre existens.

Det var mitt nirvana.

Efter detta är mitt minne lite diffust. Som efter den första förvandlingen djupt inne i dödshuset. Vissa klara bilder fastnade, om än fragmenterade. Det var som om jag bara följde med någon annan, som om det var en dröm, där sammanhanget bleknade medan de enskilda detaljerna dröjde sig kvar.

Vi slet loss och åt allt kött från Liams kropp.

Hans muskler var saftiga och färska.

Veronica drog ut tarmarna och lindade dem runt den stora stenen. Försiktigt tog hon sedan ögon, njurar och testiklar och placerade dem ovanpå stenen medan jag grävde loss hans hjärta och njöt av det som den yttersta delikatessen. Det var som att äta själva essensen av honom, det var själva syftet, kulmen på hela vår måltid.

Det var detta jag väntat på hela mitt liv utan att veta om det.

Nu var jag fullständig.

Vid det laget hade vi sedan länge slitit av oss våra kläder. De saknade mening för oss. De stängde in oss. De var alldeles för mänskliga och begränsade vår frihet.

Vi var röda av blod. Vi var röda änglar. Det var som om vi svävade ovanför marken, uppfyllda av kraften vi absorberat ur Liams livsvätskor.

Vi ropade, vi sjöng, vi var lyckliga.

Den lilla runda gräscirkeln, stenen vi förvandlat till offeraltare, björken och gatlyktan var hela vår värld i vad som verkade vara en evighet.

Då kom plötsligt ett starkt ljus över oss och ett mullrande hördes i fjärran. Som om barriären mellan världarna öppnats och ett främmande väsen var på väg mot oss. Något som strålade. Något som var större än de varelser vi tidigare sett i korridorerna bortom. Som en gigantisk skalbagge med ett granskande sken forsande ur huvudet.

Det tog en stund innan jag förstod att det egentligen

var tvåans buss som kom mot oss. Den gnisslade, väste och stank som ett maskinodjur. När den stannade vid busskuren var det som om den stannade för att betrakta just oss.

Jag hade kommit ner från den starkaste hänryckelsen och kände hur känslorna i mig var mättade. Kvällens jakt var över. Jag var mätt och ville nu helst bara hem till lyan och vila.

Men när jag sökte kontakt med Veronicas blick såg jag att hon inte alls var färdig. Hennes blick lyste omättligt och hon var fortfarande insvept i blodlust. Hon såg på bussen som sitt nästa byte. Hon ville fortsätta. Hon ville ha mer. Hon var omättlig.

Samtidigt som bussens framdörr öppnades med ett pneumatiskt pysande började hon springa. Snabbt och smidigt, fram mot bussen. Inte ens om jag hade velat hade jag kunnat hejda henne.

Sedan hördes chaufförens skrik som tystnade tvärt när framrutan täcktes med blod.

Längre bak i bussen hördes fler personer skrika. Några skärande ljusa kvinnoröster i panik och djupare mansröster som vrålade och försökte hindra vad som pågick framme vid förarstolen.

Men Veronica gick inte stoppa.

Hon avancerade bakåt i bussen, slet sönder dess passagerare, en efter en, medan ljuset i taket effektfullt lyste upp de röda, nedsölade fönstren.

Det var för mycket, hon dödade för många, hon skulle aldrig kunna äta dem alla, hon var berusad av blod och makt och kunde inte hejda sig.

Hon skenade, fångad i sitt hysteriska vansinne, medan mitt eget sinne klarnade alltmer för varje sekund. Jag började förstå vad som pågick, vad vi gjort, vad hon nu gjorde, och insåg att jag var tvungen att ge mig därifrån innan det var för sent. Någon skulle se oss, någon skulle hinna undan, och så skulle vi bli de jagade istället.

Skriken i bussen hade tystnat och jag hörde bara hennes hetsigt morrande andetag därinne.

Jag mötte hennes blick genom ett av de nedsölade fönstren.

Då insåg jag att hon fullständigt hade förlorat kontrollen.

Hon hade gått varvet runt, från människa, till upplyst gudinna, tillbaka till ett primitivt djur igen. Det fanns inget intelligent kvar i hennes ögon. Bara meningslös lust att döda, ta sönder, fördärva och förinta allt som kom i hennes väg.

Jag började springa.

Det fanns inget annat jag kunde göra.

Bakom mig hörde jag henne yla inne i bussen.

När jag kom tillbaka till den lånade lägenheten klättrade jag in genom balkongen och låste den efter mig. Jag ville inte att Veronica skulle kunna komma in efter mig. Jag visste inte vad hon skulle göra. Jag var osäker på om hon skulle ge sig på även mig.

Effekten av förvandlingen rann av mig så fort jag kände att jag var i säkerhet och jag kände mig nästan som en människa igen.

Full av panik och ånger över vad vi hade gjort – vad *jag*

hade gjort – kollapsade jag inne på toaletten och grät våldsamt. Fullständigt förlorad i ångest.

Jag låg länge som i kramp och kämpade för att behålla förståndet.

Allt var totalt kaos. Hela kroppen smärtade som om jag misshandlats och rullats utför ett stup.

Hur länge panikattacken pågick vet jag inte.

Det hade redan ljusnat när jag lyckades ta mig samman och krypa in i duschen.

Blod och jord hade klibbat fast och stelnat över hela min kropp. Den skymt av mig själv jag såg i spegeln var något helt annat än en människa.

Det var en svart skepnad av stelnad ondska.

Med hett vatten lyckades jag lösa upp det mörka skalet runt mig och till slut hittade jag något annat där under skorpan av smuts.

Min egna kropp fanns där inuti alltihop.

Inuti den fanns visserligen mörkret kvar. Men jag kände hur det vilade nu. Mättat av blod och kött.

När jag efter över en timme kom ut ur duschen blev jag varse något på balkongen. Jag vet inte varför, jag uppfattade inget ljud eller så, men jag visste att något rörde sig därute.

Med en handduk om mig smög jag sakta fram till dörren och tittade ut. Lika svart och kladdig som jag hade varit låg Veronica ihopkrupen därute på balkonggolvet.

Nu var hon inte längre en strålande gudinna.

Nu var hon bara en smutsig liten flicka som sov på träträllen.

En smutsig flicka med ett fruktansvärt odjur inom sig. Jag backade undan. Lät henne sova och torkade mig torr. Klädde på mig kläderna jag haft när jag kom till lägenheten. Försökte lägga på lite smink jag hittade i badrummet så jag inte skulle se helt förstörd ut.

Jag var helt utmattad. Hade svårt att tänka. Visste inte vad jag skulle göra. Hade nog börjat gråta igen om jag bara hade orkat. Istället kände jag mig bara tom. Helt tömd på känslor efter de intensiva upplevelserna under natten.

Om jag åkte hem nu skulle mamma direkt se på mig att något var fel. Jag behövde tid att samla mig först. Det fanns bara ett ställe att ta vägen. Så jag tog fram min telefon och ringde Henrik.

"Hej, det är Jessica. Jag och Veronica har bråkat, kan du komma och hämta mig igen?"

"Vad tidigt du ringer. Kan jag komma om en timme?"

"Nej, snälla Henrik, kom nu. Jag följde med henne till en kompis, jag vill bara härifrån nu. Jag är jätteledsen. Snälla?"

Efter lite lirkande gav han med sig och jag förklarade var han skulle hämta mig.

Sedan kollade jag att Veronica fortfarande sov därute, låste upp balkongdörren och ställde den lite på glänt innan jag lämnade lägenheten.

Femte delen

Bilfärd

"Har ni druckit?"

Jag hann inte ens stänga dörren efter mig innan Henrik frågade. Han hämtade mig vid busshållplatsen vid macken. Tvåhundra meter från lägenheten där jag några timmar tidigare hade legat på badrumsgolvet insmord i blod och gråtit.

"Jag lovar att inte säga nåt till din mamma", lade han till.

"Vi har inte druckit alkohol", sa jag och försökte låta normal.

"Vad hände, vad bråkade ni om?"

"Det var inget. Något dumt bara. Vi kom inte överens."

"Hur hamnade ni här ute?"

"En kompis. Vi tänkte hälsa på."

"Hur mår du? Du ser uppskärrad ut."

"Jag har inte kunnat sova. Det var därför jag ringde. Jag måste bort."

"Vill du att jag skjutsar hem dig istället?"

"Nej, vi åker till stugan. Mamma sa att hon kommer tillbaka idag. Jag vill prata med henne. Utan att Karl lyssnar. Tjejgrejer."

"Ja, jag förstår. Har du ont? Med mensen, menar jag."

"Det vill jag inte prata med dig om."

"Förlåt, jag menar inte att göra dig generad, men du har blod på byxorna."

"Men fitta", svor jag frustrerat och lyckades smeta ut fläcken ännu mer med tröjärmen. Var hade det kommit från? Jag hade ju inte klätt på mig förrän jag duschat noga. Tagit ny binda och allt. Ändå hade jag fläckat byxorna.

Det var i alla fall inte Liams blod, det var mitt eget, det kände jag på smaken när jag instinktivt började suga på den nu fuktiga tröjärmen.

Jag var på något sätt fortfarande bortkopplad från verkligheten. Det var inte jag som satt i bilen. Det var inte jag som pratade med min mun. Det var som om vi var flera väsen i min kropp.

Kontrasten mellan den Jessica som satt helt stilla och lugn i bilen och den Jessica som med bara tänderna frenetiskt slet loss kött från en död pojke några timmar tidigare gick inte att få ihop. De två var så olika att en av dem bara måste vara inbillning.

Det kändes som om jag bott i en lägenhet ända sedan jag föddes och först nu hittat en dörr jag aldrig hade sett förut. Bakom dörren fanns en helt ny sektion med tidigare okända rum. Jag hade nu gått in bland dem och kände mig helt främmande. Som om jag gjorde inbrott. Trots det fortfarande var min egen lägenhet. I min egen hjärna.

Samtidigt som jag irrade allt djupare in i denna mentala lägenhet stod mitt andra jag vid ytterdörren och pratade med Henrik.

Min inre labyrintiska värld var kanske bara något som fanns i mitt huvud, men den manifesterades runt mig som en faktisk känsla av att jag verkligen befann mig i en labyrint av rum.

Kanske fanns det ytterligare en dörr, ytterligare en samling rum? Kanske fanns det en dörr som ledde ut till korridorerna och kulvertarna som hade fört oss från ritualen i ödehusets källare till det underliga sjukhuset med de skärande kirurgvarelserna i grönt.

"Jessica, ta en servett i handskfacket", sa Henrik och pekade. "Du blöder näsblod."

Så det var därför ärmen blev allt fuktigare. En strid ström av blod rann ur min näsa och jag kladdade ner både mig själv och bilen medan jag febrilt försökte få fram servetter ur den oöppnade lilla förpackningen.

Det började som ett fnissande. Och medan jag lutade huvudet bakåt med ihopknölat papper mot näsan hann jag säga:

"Är det inte det ena så är det det andra..."

Sedan brast det för mig och jag skrattade så tårarna rann. Skrattade så jag knappt fick luft. Skrattade tills jag fick kramp i magen.

Det var blod överallt – igen. Över mig själv och utkladdat över fönstret. Jag visste inte helt säkert om jag verkligen satt i bilen och skrattkrampade eller om jag fortfarande stod hukad över den trasiga kroppen och exalterat morrande åt ångande människokött.

Allt sköljde över mig och skrattandet blev mer och mer hysteriskt. Jag hade ingen som helst kontroll över mig själv längre. Jag kände hur jag kissade på mig. Kände hur jag inte längre skrattade. Hur jag bara skrek fast jag knappt hade någon luft kvar i lungorna. Jag kände hur det pirrade i hela kroppen och jag var plötsligt livrädd att jag höll på att förvandlas igen.

Men istället för att uppfyllas av den röda extasen kom ett svart töcken över mig och jag var helt säker på att jag var på väg att kvävas till döds. Det surrade högt i mina öron och sprakande stjärnor dansade framför ögonen innan allt blev luddigt svart och tyst.

I mörkret fanns inget, varken jag själv eller min kropp.

Sedan hörde jag en svag röst.

"Herregud, vad du skräms..."

På en svart himmel såg jag, som en uppstigande måne, det trasiga krateransiktet jag sett i min sömnparalys några veckor tidigare. Jag såg döden förkroppsligad luta sig över mig. Lika verkligt som allt annat runt mig. Sedan var jag tillbaka i bilen, nedhasad i sätet, halvt liggande nere på golvet.

Henrik var rädd och körde fort med ena handen på ratten. Med den andra försökte han hålla upp mig så att jag inte skulle strypas av bilbältet som hade låst sig rakt över min hals när jag svimmade.

Desorienterad lyckades jag få grepp om sätet och kunde sätta mig upp igen. Jag drog efter andan och hostade tacksamt över att få luft igen.

"Kan du andas", frågade Henrik skärrat.

Jag väste fram ett jakande svar och försökte få hostandet under kontroll. Servetterna var slut och det sved av blod och tårar som kladdats ut runt ögonen.

"Det går bra, jag är okej", sa jag och förstod att det inte såg ut så. "Sakta ner, jag har kontroll nu."

"Jag kör till sjukhuset", sa Henrik, fortfarande inte övertygad om att jag hämtat mig.

"Nej! Det är lugnt nu, jag vill inte dit, jag vill bara tillbaka till stugan."

"Men du har förlorat så mycket blod!"

"Nej, det bara ser ut så", försökte jag lugna honom. "Titta det har slutat nu, det var bara näsblod, jag har haft det förut, när jag inte sovit och varit uppjagad, det är över nu. Snälla!"

Bilen saktade ner till laglig hastighet och Henrik verkade lyssna på mig.

"Jag lovar", fortsatte jag. "Jag mår bra. Det är ingen fara. Titta på mig, jag är okej."

"Är du säker?"

"Ja, snälla, jag vill bara sova. Duscha och sova. Förlåt om jag skrämde dig."

"Men herregud, vad skulle jag tro? Du bara skrek. Och allt blod..."

"Har du aldrig sett en tjej med mens förut?"

Henrik skrattade lättat, som om skämtet var det som behövdes för att övertyga honom om att jag faktiskt var okej.

"Lova att säga till mig om det inte känns bra", sa han och gjorde en u-sväng på den söndagsmorgontomma gatan. "Vi får prata med Gabriella om det här sen. Okej?"

"Jag lovar. Tack."

Jessica ute vid den mentala lägenhetsdörren höll fasaden uppe och påstod att allt var under kontroll.

Jessica inne i lägenheten irrade allt djupare in i mörkret.

Morgonstund

Efter morgonens andra dusch letade jag igenom mammas necessär efter body lotion och smörjde sedan in min torra hud innan jag äntligen kunde lägga mig på handduken, i sängen, i mitt rum, i stugan, i verkligheten.

Först då hade jag lyckats lugna mig efter anfallet i bilen. Jag kände mig väldigt trött. Typ som av en eftersläntrande matkoma. Jag hade ätit så mycket att jag bara ville dra täcket över mig och sova så fort hudkrämen hade torkat lite.

Konstigt nog var jag relativt lugn. Trots allt som hänt. Den värsta ångesten hade jag gråtit ut i borta i förorten och trots att jag vet att jag borde ångra mig så gjorde jag det inte.

Oron över att polisen skulle koppla mig och Veronica till dådet var värre. Men jag var fortfarande hög av självförtroende efter förvandlingen. Så just då trodde jag inte att risken var särskilt stor. Veronica hade förmodligen inte lämnat några levande vittnen på bussen.

Det där med bussen störde mig. Det var onödigt. Vi kunde ha sprungit när vi såg den komma. De hade aldrig sett oss.

Om bara Veronica inte hade varit så oberäknelig.

Om jag bara haft henne under kontroll.

Det kändes som det var mitt fel. Passagerarna i bussen dog på grund av mig. Jag borde ha hejdat henne. Istället hade jag blivit rädd. Rädd för både henne och situationen.

Jag måste ta tillbaka kontrollen över henne innan

nästa gång. Det måste bli som innan mellan oss. Hon är för farlig annars.

Jag måste äga situationen.

Jag måste... bara vila lite.

Jag slöt ögonen och plötsligt var jag hemma i mitt rum.

Då hörde jag mamma ropa mitt namn på våningen under. Hon ropade och jag förstod att något var fel. Hon lät så rädd.

Jag insåg att jag låg på golvet utan att kunna röra mig medan ropen tystnade. Allt var väldigt konstigt. Annorlunda på något sätt. Hela kroppen kändes konstig. En främmande flicka gränslade mig och höll fast mina armar. Hon var så nära. Jag kände hennes doft och tyngden av hennes kropp gjorde mig plötsligt kåt.

Hormonerna susade runt och tände en eld i mitt blod. Jag kände hur hon gned sig mot mitt svullna skrev och jag rodnade av skam. Jag förstod att hon kände mitt kön genom kläderna.

När jag tittade på henne såg jag att hon log med något elakt i blicken. Jag såg hennes läppar säras som om hon tänkte kyssa mig. Mitt kön kämpade allt hårdare mot något som tryckte emot. Det ville liksom krypa iväg men fick inte riktigt plats att resa sig som det ville. Pulsen bultade hårt när blodet ville in och fylla upp.

Jag såg ansiktet på henne som satt över mig och det var mitt eget ansikte.

Jag såg mig själv. Det var min Jessica-kropp som satt över mig. Då insåg jag plötsligt hur attraktiv jag var och att mitt kön var en pojkes svullnad som gjorde allt för att tränga sig in i mig.

Sakta förändrades något. Omgivningens skarpa konturer löstes upp och jag befann mig på två ställen samtidigt. Delvis låg jag nedtryckt på ett hårt golv, i ett radhus, i en förort. Och delvis låg jag i en mjuk säng, i ett litet rum, i en stuga på landet. Jag hade den varma Jessica-kroppen över mig samtidigt som den låg under ett tjockt täcke.

Gradvis gled jag ut ur vad som måste ha varit en dröm. Jag kom tillbaka till mitt rum i stugan medan radhuset bleknade bort.

Då kände jag att något rörde under täcket, mellan mina lår.

Med ett litet skrik kastade jag undan täcket och sparkade med benen. Trosorna bågnade upp som om det fanns något levande där under. Med kvardröjande drömlogik var jag för ett ögonblick helt säker på att ett djur hade krupit in under bindan.

Jag skrek igen och drog av mig trosorna.

Det var inget djur. Det var en blodig kuk som stack ut där min klitoris borde ha varit.

Jag blundade, höll för munnen och kvävde paniken.

Det kunde inte vara sant.

Samtidigt kände jag hur svullnaden, vad den nu än var, tycktes krympa ihop och försvinna.

När jag vågade tittade igen såg allt ut som vanligt.

Det hade varit så verkligt. Drömmen måste ha varit så stark att den följde med mig ut i vakenheten. Det var enda förklaringen.

Jag tvingade mig att andas lugnt.

Kände efter med fingrarna.

Allt var som det skulle.

Som tur var verkade inte Henrik ha hört mitt skrik.

Hur skulle jag annars ha kunnat förklara det?

Solsting

Solen kröp runt knuten på stugan och temperaturen i rummet steg snabbt trots de nedfällda persiennerna. Jag svettades envist några timmar i sängen och försökte med viljestyrka tvinga mig själv att somna igen.

Så länge jag låg här inne i halvmörkret behövde jag inte hantera verkligheten därute. Istället låg jag och vacklande på gränsen mellan vakenhet och dröm. Allt flöt runt i huvudet på mig och jag visste inte riktigt vad som var mina tankar och vad som var drömmar.

På något sätt var det ett avslappnat och tryggt tillstånd. Där fanns inte den hjärtpressande ångest som lurade i bröstet på mig så fort jag stack upp huvudet ovanför ytan och andades in verkligheten. I drömmarnas närvaro hade jag den självsäkerhet och handlingskraft jag känt direkt efter ceremonin med Thanica-nålarna.

På andra sidan av ytspänningen mellan världarna kändes allt som hänt mig helt naturligt. Varken ånger eller skuld plågade mig. Inte särskilt mycket i alla fall. Det var min första jakt och även om den inte var helt perfekt, jag irriterade mig som sagt på den onödiga massakern i bussen, så kände jag ändå en viss stolthet över att ha klarat det trots all rädsla.

Vi hade genomgått en utmanande övergångsrit. Det var större än att förlora oskulden. Jag var verkligen vuxen nu. Jag borde firas med en stor fest, nån sorts konfirmation, en hyllning till oss som genomgått förvandlingen. Uridim Lili. Så hade Veronica sagt att vi kallades. Lite snabb research via mobilen berättade att lili var beteckningen på en kategori av kvinnliga sumeriska demoner. Namnet kom senare i judisk mytologi att kopplas till Lilith, den första kvinnan, hon som vägrade underkasta sig Adam och gick sin egen väg. En stark och självständig kvinna alltså. Som jag och Veronica.

Det passade mig bra. Jag kunde aldrig lyda någons order. Det var något som satt djupt i mig. Mamma, Karl, lärarna, kuratorn på skolan, läkarna på psykiatrin, min privata psykolog – ingen kunde någonsin säga åt mig att göra något jag inte ville.

Och nu, efter allt detta: Jag lyder aldrig mer. Jag är Lilith.

Hur som helst. Jag måste få kontakt med Melia, hon som sålde nålarna till Veronica. Hon vet säkert mycket mer om det här än vad hon berättade för Veronica. Och Alex, den coola tjejen från rejvet, var hon med i det där sällskapet Luna Zarya? Hur hittar jag henne?

Det finns en hel värld där bortom och vi är säkerligen inte de första att upptäcka den.

Jag vill veta allt. Jag vill förstå.

När det till slut blev för varmt i rummet gav jag upp. Klädde mig i shorts, linne och ett par stora solglasögon. Släntrade barfota ut på gräsmattan och sjönk ner i en solstol med min dagbok.

Henrik, som höll på att snickra i uthuset, lade ifrån sig sina verktyg och torkade svetten ur pannan när han såg mig.

"Vill du ha nåt att dricka?"

"En Cola vore gott."

"Vad bra, tar du en åt mig också när du hämtar?"

"Haha, bra försök", svarade jag och lät honom hämta oss varsin iskall och fuktig glasflaska ur kylen.

Han satte sig i stolen bredvid mig och vi drack under tystnad en stund. Jag förstod att han ville fråga hur jag mådde och vad som hade hänt. Men han kände mig och visste att det inte gick tvinga ur mig något. Så han visade vänskap genom att i lugn och ro lämna tillräckligt med utrymme för att jag skulle känna mig bekväm med att berätta.

Men hur skulle jag kunna säga nånting om vad som verkligen hänt? Jag var tvungen att ljuga förstås. Det var min och Veronicas hemlighet. Men vad skulle jag linda in lögnen i för att de inte skulle upptäcka den?

Eftersom jag redan sagt att vi bråkat var det bara att fortsätta på det spåret. Den bästa lögnen ligger så nära sanningen som möjligt. Så jag berättade saker jag egentligen inte ens velat erkänna för mig själv.

"Veronica är en ytlig egoist", började jag. "Hon säger att hon vill göra saker för mig. Men hon gör det i själva verket för sin egen skull."

Jag insåg att det var sant. Jag hade velat tro att hon ville serva mig. Men det var bara hennes eget behov hon ville tillfredsställa. Jag var bara ett medel att nå detta.

Hennes önskan var att vara en ägodel. Men till vem som helst, inte nödvändigtvis mig. Alla små tecken skapade en tydlig övergripande bild. Jag var hennes verktyg och inte tvärt om. Att jag utnyttjat henne var bara något jag inbillat mig.

"Hon lyssnar inte på vad jag verkligen säger. Hon förstår inte vad jag verkligen vill. Hon är väldigt självcentrerad och helt ointresserad av mina intressen. Hon tycker mitt fotograferande är en meningslös lek. Hon fattar inte vad det betyder för mig. Hon förstår inte konst. Hon förstår inte att man med en stark bild kan skapa känslor och förståelse hos andra människor. Hon är bara närvarande i nuet och hon vill bara leka. Jag orkade inte med henne längre. Det brast. Vi började bråka. Jag stack därifrån. Det var allt."

Förvånad över hur lätt allt detta rann ur mig tystnade jag och var tvungen att själv tänka över vad jag sagt. Fortfarande hade jag inte yttrat någon lögn.

Innerst inne hade jag nog för länge sedan tänkt på det jag just sagt. Men det var inte förrän nu jag såg det klart framför mig. Hur det i själva verket var hon som hade kontrollerat mig. I över ett års tid hade jag gjort henne till viljes utan att fatta något. Som en blind idiot.

"Jag trodde hon var min bästa vän. Men hon har lurat mig hela tiden. Jag har inte förstått det förrän nu. Hon har aldrig varit min vän. Hon är en manipulativ hora."

Förvandlingen hade tydligen påverkat mitt sinne också. Det var lättare att se mönster, koppla ihop beteenden, dra logiska slutsatser. Jag tänkte lättare och snabbare. Jag var mycket intelligentare än henne redan innan. Och nu... Föreningen Mensa är ett gäng småbarn. Det här är nästa nivå.

Bitchen behövde hur som helst sättas på plats.

Jag förstod att hon släppt alla hämningar och maktgalet tänkte fortsätta med sitt omdömeslösa beteende därute. Men det var något jag inte kunde tillåta. Om hon fortsatte dra uppmärksamhet till sig genom att bita ihjäl människor för nöjes skull så skulle uppmärksamheten till slut även hitta mig.

Det var dags att göra upp en plan.

Henrik försökte prata med mig och ge mig tröst. Men han förstod inte vad det handlade om. Så även om han menade väl blev det mest bara platt och genant. Det slutade nästan med att jag tröstade honom för hans oförmåga att ge mig något bra råd.

När jag inte klarade att sitta i den stekande solen längre tog jag en handduk och gick ut i skogen. Mot tjärnen där vi brukade bada. Längs vägen såg jag en död mus som låg på sidan av stigen. Inne i kroppen kröp getingar omkring och åt av dess kött. Ett surrande längre bort tydde på att det förmodligen fanns ett getingbo i närheten. Jag funderade ett ögonblick på att gå tillbaka och hämta kameran men stannade istället kvar och hukade mig ner. Såg på de ivriga getingarna en stund. Såg dem äta. På något sätt var det rofyllt och vackert. Det finns köttätare på alla nivåer. Inget konstigt med det.

Vid tjärnen fanns en liten vinglig flytbrygga och medan jag stod ute på den kände jag en svag bris svalka en aning i det starka solskenet. Sommaren hade egentligen bara just börjat och ändå var det redan så hett. Jag njöt. En vecka till sommarlov och fullständig frihet. Hade jag kunnat förvandla fram vingar hade jag flugit upp över vattnet, ut över skogen och aldrig kommit tillbaka.

När jag hörde en röst bakom mig blev jag inte rädd. Men hoppade till av ren reflex. Osäker på hur någon hade kunnat smyga upp så nära utan att jag märkte det. Varför kände jag ingen doft?

Märkligt, tänkte jag och drog in den omgivande skogen i lungorna. Djur och fåglar, växter, men ingen människa. Ändå hörde jag tydligt en röst bakom mig.

Den saknade helt form och attribut så det var omöjligt att höra om det var en man eller en kvinna som talade, om hen ropade eller viskade. Allt jag uppfattade var innehållet. Själva betydelsen i orden.

Kanske var det jag själv som tänkte.

"Alla måste dö."

Allt dåligt som händer mig beror på andra människor. De jag inte hatar, avskyr jag. Djupt inom mig kände jag något som inte var den vanliga depressionen jag så ofta kämpade med. Det var inte det vanliga ältande mörkret.

Istället var det något djupare svart, något mer primitivt och grundläggande, något som stod över allt mänskligt och smått. Det var en urgammal vilja driven av ett flammande hat.

Rösten bakom mig trängde in i min kropp och påminde om nålarna vi använt under ceremonin i går kväll. Fast tvärt om. Närvaron var vass metall som stack ut ur min kropp.

"Alla måste dö."

Orden upprepades och skar sin väg genom min kropp, in i mitt hjärta, in i min själ. Det kändes som om alla de människor som hela tiden sårade mig nu plötsligt stod runt mig på bryggan.

Veronica som utnyttjat mig och tagit kontrollen från mig. Karl som tyckte jag var i vägen för hans nya familj och nog helst bara ville bli av med mig. Mamma som ljög för mig, som inte släppte in mig i sitt liv, som inte såg hur dåligt jag mådde. Sofia som gav mig dåligt samvete över att jag knappt umgicks med henne fast hon gärna ville. Alla andra i skolan som pekade och viskade. Lärarna som inte förstod. Människor med krav överallt. Och så Erik, min biologiska pappa, som jag inte har någon kontakt med, som jag aldrig träffat på riktigt, som inte verkar bry sig om att jag finns.

Jag var helt ensam. Betydde ingenting för den osynliga församlingen runt mig. Förmodligen var det i själva verket *jag* som var osynlig för *dem*.

"Alla måste..."

Ingen hörde mina rop på hjälp. Om jag stod i lågor bad de mig vara tyst. Allt jag kunde göra var att fortsätta brinna. Ingen vet hur man släcker branden i min själ. Inte ens Charlotte. Efter alla dessa år av terapi och samtal som går ut på att jag ger mig själv goda råd och svarar fejkleende med påhittade nya insikter bara för att det är jobbigt när hon känner sig misslyckad. Precis som med Henrik alldeles nyss.

Ingen kan hjälpa mig. Det har jag förstått nu. Jag funkar inte som någon annan. Men jag vill inte heller ha deras liv. De sitter inlindade i varma filtar och dricker te medan jag springer bland de kalla vågorna över en stenig strand och skär mina tarmar till slamsor med det kolsvarta och skarpa stålhjärta som kastas omkring innanför revbenen medan jag försöker hinna undan tidvattnet.

Livet handlar till största delen om att navigera en bräcklig och hopplös kropp genom ett träsk av missförstånd.

Om det inte fanns några människor skulle världen vara en bättre plats. Fri från plåga, elakheter och missförstånd.

Nu är den bara ett meningslöst helvete.

"Alla..."

Rösten bakom mig gav mig med sina ord en lättnad. En befrielse från all skuld, all plikt, allt jag trodde att jag måste göra för de som gör mig illa – jag var fri från allt det nu. Jag kunde göra vad jag ville.

Med denna insikt flöt jag sakta upp i luften. Svävade stilla några decimeter ovanför bryggan. Runt mig svärmade plötsligt hundratals getingar likt en kör av små änglar som surrande hyllade sin drottning.

Solens strålar var så heta att jag smälte ihop med de gulsvarta insekterna som kretsade runt mig och tillsammans bildade vi ett glödande skal av brinnande kött runt den svarta klump som var min innersta kärna.

Jag pressades ihop till ett blankt klot av ren svärta.

I det ögonblicket var jag förkroppsligad makt.

Inom mig öppnades en bottenlös källa av skoningslös vilja. Aldrig mer skulle jag skratta bort en förolämpning eller ett hånfullt leende. Aldrig mer skulle jag acceptera att *någon annan* bestämde vem *jag* var.

Rösten tystnade. Jag hade förstått.

Jag behöver ingen.

Alla måste dö.

Plötsligt var allt kallt och blött.

Jag trodde först att jag låg i blod. Sen förstod jag att jag låg nere i det mörka vattnet under bryggan. Det brusade och plaskade och jag kände ett par händer treva efter mig. En dämpad röst ropade något som jag efter en stund förstod var mitt namn.

Utan att jag kunde värja mig grep händerna tag i min kropp och drog mig upp ur vattnet, ut i ljuset igen. Det stack i ögonen av vatten och sol. Någon flåsade, kanske var det jag, kanske var det den som drog mig mot land.

När jag kände stenarna på bottnen skrapa mot ryggen släppte det hårda greppet om mina armar och någon föll utmattad ner på knä bredvid mig i vattenbrynet.

Det var Henrik som försökte få kontakt med mig.

När jag försökte tala så hostade jag bara och kände smaken av tjärnen i min mun. Jag böjdes ihop av hostkramperna, som en räka, tänkte jag och började skratta hysteriskt.

När Henrik märkte att jag skrattade mellan hostningarna slappnade han av och lade sig ner på stranden.

"Fan, Jessica...", flämtade han. "Jag trodde... Jag trodde fan du hade drunknat!"

"Förlåt", svarade jag och skrattet övergick i hicka.

"Jag sprang... Jag såg dig på bryggan, du bara föll ner,

jag trodde du slog i huvudet."

"Det gick bra. Jag fattade inte var jag var bara. Det fanns inget upp."

"Svimmade du?"

"Jag vet inte, det är luddigt."

"Är du okej nu?"

"Jag har hicka."

"Jag märker det. Jag tror jag sträckte alla muskler jag har. Det gör ont överallt. Särskilt här, i sidan, vad är det, vad sitter här, njuren?"

"Berätta inget för mamma. Hon blir bara orolig."

"*Jag* blir orolig för dig! Jag är förresten orolig för henne också. Har du pratat med henne än?"

"Nej, hennes telefon är fortfarande avstängd."

"Hon sa att hon skulle ju komma ut igen, eller hur?"

"Ja, det skulle hon", sa jag och kände oroligt efter i shortsfickorna.

"Den ligger uppe vid din solstol", sa Henrik som förstod att jag letade efter min telefon.

Vi skyndade oss, så gott det gick på våra darriga ben, uppför slänten till stugan. Henriks sandaler låg halvvägs upp, på sidan av stigen. De hade flugit av honom medan han sprang.

När han skulle plocka upp dem såg jag hur han råkade kliva på getingboet jag anat tidigare. Såg de svarta prickarna surra aggressivt runt honom. Förstod att han blev stucken i benen och fötterna.

Men han låtsades inte om något.

Trodde att jag inte sett.

Överallt smärta vi inte låtsas om inför andra.

Grillkväll

Klockan var mycket mer än jag förväntat mig när jag satte mig i solstolen och tog upp mobilen. Jag hade fått några meddelanden och två missade samtal från Veronica. Men inget från mamma. Det gick fortfarande inte nå hennes nummer när jag försökte ringa.

Henrik såg mig skaka på huvudet och frågade bekymrat:

"Om något gått fel på kliniken skulle hon ha sagt nåt, eller hur?"

"Jag tror det", svarade jag utan att vara säker. Hon hade försökt hålla allt hon gjorde för sig själv. Nästan som om hon inte ville låtsas om vad hon höll på med. Men jag och Henrik visste ju, så hon borde väl berätta för oss om det blivit några komplikationer.

"Men hon var ju hemma igår, så jag tänker att Karl finns där, om hon behöver hjälp."

"Ja."

Vi tystnade och jag satt med den solvarma telefonen i handen. Jag ville inte öppna meddelandena från Veronica. Jag ville inte veta vad hon ville. Vad det än var så var det inget bra.

"Är du hungrig", frågade Henrik efter en stund.

"Jag vet inte."

"Vi kan dra igång grillen igen eller så kan vi åka in till stan. Om du vill hem menar jag."

"Jag vet inte."

"Du får bestämma själv. Jag skjutsar in dig om du vill. Så kan du kolla läget med Gabriella. Se om hon är hemma."

Från att vara en svävande gudinna till att vara en dotter som oroar sig över sin mammas hälsa. Min makt var inte ens i närheten av allsmäktig. Även om det nästan hade känts så nere på bryggan. Men nu insåg jag att det bara var en ganska uppblåst hybris. Kraftfull, ja, det var jag. Men bara på ett visst sätt. Fortfarande sårbar på ett annat.

"Nej. Jag vill inte ta hand om henne igen. Jag är trött på att ljuga för hennes skull. Varför måste jag ta hand om alla? Varför försöker jag alltid göra alla glada när jag ändå bara misslyckas? Varför fortsätter jag när jag aldrig gör mig själv glad?"

Jag såg på Henrik att han försökte hitta något att säga men inte visste vad. Min första instinkt var att säga något så han skulle slippa. Men om jag gjorde det skulle jag aldrig bryta mönstret. Jag ville tvinga honom att ta sitt eget ansvar. Han skulle ju föreställa den vuxna. Varför frågade han hela tiden mig vad jag tyckte vi skulle göra?

Han började svamla men orden betydde inget.

Då insåg jag hur ensam jag var.

Jag hade alltid gillat att vara själv. Jag älskade att dyka in i fotoredigering, läsning, musik, eller att bara vara ifred med mina egna tankar. Allt jag ville göra klarade jag själv. Det hade hindrat mig från att inse att jag inte hade någon som verkligen stod mig nära. En försvunnen far, en ointresserad styvfar och en mamma som levde i sin egen värld.

Det fanns ingen jag litade på. Ingen jag kunde öppna mig för, ingen jag kunde prata med på riktigt. Känslan jag fått när jag stod på bryggan var sann. Alla var spöken runt mig.

Mörkret i magen vred sig runt bland tarmarna så det gjorde ont. Allt jag ville var att fly. Ge mig av. Springa. Jag ville slänga bort alla mina grejer och bara springa rakt ut i skogen. Lämna den här ångestfyllda tillvaron. Aldrig stanna, bara fortsätta rakt framåt, utan ände.

Mitt liv i den här staden var över. Jag bestämde mig medan Henrik fortfarande velade. Så fort jag kunde tänkte jag dra vidare. Lämna tomheten bakom mig. Lämna spökena som aldrig såg mig.

Melia hade sagt att det fanns fler Uridim Lili därute.

Om jag bara lyckades spåra upp dem. Jag är säker på att de skulle förstå mig. Då skulle jag till slut hitta riktiga vänner. Någon form av tillhörighet.

Kanske skulle jag även hitta en mening med att leva.

"Starta grillen", sa jag till slut när jag inte orkade höra på Henriks tomma prat. "Säg till mig när det är färdigt."

Jag reste mig upp och låste in mig på mitt rum. Det var svalare nu när solen hamnat bakom trädtopparna. Jag drog täcket över huvudet och låtsades att jag var död.

Det var en konstig stämning medan vi åt köttet som Henrik hade grillat. Hemmagjord potatissallad och lite annat plock fanns vid sidan om. Han hade öppnat en öl och försökte lätta upp stämningen med småprat medan jag mest svarade enstavigt.

När jag var liten gillade jag att leka med honom. Men ju äldre jag blev desto större blev avståndet jag höll mellan oss. Kanske för att jag gick djupare och djupare in i mig själv för att skydda omvärlden från mig själv. Redan innan förvandlingen fanns det något i mig. En aning av mörker. Ett lurande raseri som hotade att gräva sig fram till ytan.

Frustration och maktlöshet över mina starka känslor gjorde inte saken bättre. Så jag blev van att kapsla in mina tankar. Allt för att inte smitta någon med min depression. Det gjorde nog att jag ibland framstod som apatisk. Men inuti mig pågick ett virvlande kaos.

Min vilja att kontrollera omvärlden handlade nog egentligen om en vilja att kontrollera mig själv.

Men inte ens när jag trodde att jag och Veronica var varandra nära kunde jag prata om det med henne. Hon var för ytlig. Hon förstod inte sånt som gick på djupet i själen. Hon funderade aldrig över vem hon var. Eller varför hon var just den hon var. Sånt som upptog större delen av mina vakna tankar.

Och hemma ville jag inte visa Karl hur jag mådde. Ville inte visa mig svag så att han fick övertaget över mig. Jag var tvungen att hålla upp en stark fasad mot honom. Och därför såg mamma också den där fasaden jag satte upp. Det var en yta så övertygande att hon inte förstod vad som fanns bakom den. Det var ju mitt eget fel förstås. Jag kunde ju ha pratat mer med henne. Men det var inte så lätt. Det blev aldrig något bra tillfälle för det. Därför hade jag hade sett fram mot den här helgen i stugan. Här hade jag kunnat släppa garden. Om Henrik hörde så gjorde det inget, honom var jag trygg med, här hade jag kunnat prata.

Min besvikelse över att mamma förstört helgen kom

tillbaka och jag kände hur den övergick till ilska och frustration. Nån sorts destruktiv önskan växte fram inom mig. Mörkret från bryggan kom tillbaka. Jag ville också förstöra något. Kanske skulle det lätta på trycket i mitt svarta lilla hjärta?

"Jag vill också ha en öl", sa jag.

"Du får inte dricka alkohol", svarade Henrik.

"Men jag är inte tolv längre. Jag brukar dricka ibland."

"Gabriella skulle inte låta dig."

"Hon gav mig och Veronica päronlikör för ett tag sen."

"Jag hörde talas om det. Men det var bara för att reta Björn och Anneli."

"Det spelar ingen roll, hon är ju inte här ändå", sa jag och reste mig upp.

"Okej, du kan få lite ur den här", sa han och höll upp sin halvfulla flaska.

"Jag vill ha min egen", sa jag och gick in i stugan. Henrik hade inget att sätta emot. Stackarn.

I själva verket tyckte jag inte om öl särskilt mycket. Veronica gillade det däremot vet jag. Jag tror hon drack med sin kusin och hennes kompisar ibland när jag inte var med. För mig dämpades som sagt röran av tankar i mitt huvud en aning av alkohol. Men samtidigt förlorade jag kontrollen och det gillade jag egentligen inte. Förutom just nu.

Det var så mycket som pågick inom mig att jag hade lite svårt att hänga med. Mina känslor är starka och djupa men långsamma och tröga. De tar tid att förstå och hantera. Som ett jävla hangarfartyg.

Så jag plockade en öl ur kylen och hoppades att den

skulle stilla det värsta bruset i mitt huvud. Göra oredan i mitt huvud lättare att uthärda. Kanske skulle det bli bättre om jag bara inte försökte kontrollera det så hårt.

"Hur blir vi dom vi är", frågade jag för att styra in Henrik på något mer intressant samtalsämne när jag kom tillbaka.

"Ja, det föds vi väl till?"

"Tror du? Det skulle ju betyda att vi inte har nåt val."

"Jo, man kan ju välja att gå åt olika håll förstås."

"Men hur vi väljer beror på vem vi är?"

"Ja, man har ju en personlighet liksom..."

"Jag tror att man växer in i en mall som kommer utifrån. Som skapas av föräldrar, skolan, hela kulturen man bor i. Det man ärver är inte vem man ska bli. Man ärver bara hur bra man kan värja sig mot att formas. En del kan inte stå emot och blir stereotyper. Andra är starkare och blir enstöringar."

"Fast alla är ju unika. Alla är på sitt sätt."

"Nej. Så är det inte. De flesta människor är väldigt lika varandra. Det är bara små variationer på samma tema. Har du inte märkt hur alla är rädda för sånt som är annorlunda? Det är för att de finner trygghet i grupper där alla är så lika varandra som möjligt."

"Man umgås ju med dom som har liknande intressen."

"Men det är ju inte bara intressen. Det är beteendemönster, åsikter, sätt att tänka också. Allt går i samma banor. Dom växer upp, börjar skolan och sen slutar de plötsligt utvecklas. Personlig utveckling handlar om fyrtio minuter yoga efter jobbet eller ett gympass.

Nästan alla människor är arbetsbin. De gör det de ska och är nöjda så."

"Kanske. Är de så dåligt då?"

"Nej. Det dåliga är att allt som avviker sticker i deras ögon. Påminner om att allt skulle kunna vara annorlunda."

"Du är definitivt inget arbetarbi."

"Näe. Jag är snarare som den där bivråken vi såg här förra sommaren. Jag äter bin och kommer aldrig stanna upp."

"Ja, det är en liten stad förstås. Du har ju bra läshuvud. Vill du flytta och plugga på nåt annat universitet än här i stan när du är klar med gymnasiet?"

"Det är ju det här jag menar. Vi föds in i en roll och nu förutsätter du att jag kommer följa rollbeskrivningen som planerat. Genom femton-tjugo år av skola, eller vad det nu blir, bara för att jag är smart och för att min mamma också har en akademisk examen. Bara tanken får mig att vilja resa mig upp och bara gå, just nu, direkt."

"Vart?"

"Jamen, vart som helst! Bara det är bort härifrån."

"Men, jag tänker att jag trivs med mitt jobb. Jag tycker att jag utvecklas hela tiden. Gör nya saker. Det är ofta ganska roligt."

"Det är en illusion. Du gör hela tiden samma saker på lite olika sätt bara."

"Men om jag är nöjd med det då, varför skulle det vara fel?"

"Jag säger ju inte att det är fel. Du behöver inte försvara dig. Det är bara det att jag inte får nåt gensvar när jag vill göra något utanför det vanliga. Ingen verkar tro att det går göra annat än det som alltid gjorts. Det är meningslöst för mig. Jag är en ny person varje nytt år. Jag blir galen av att göra samma saker. Hur ska jag kunna välja inriktning i gymnasiet nu när jag inte vet vem jag är om ett par år?"

"Så nu vill du inte gå den där foto-utbildningen du pratade om förut då?"

"Jag älskar att fota, men jag vill nog inte gå i tre år och lära mig regler. Jag vill göra på mitt sätt."

"Men det är bra att lära sig hantverket."

"Då får man ju inte upptäcka något själv. Att förstå hur man ska göra olika saker, få till olika effekter, att utforska, det är ju det som är det roliga. Columbus hade aldrig åkt till Amerika om han hade lärt sig i skolan var det fanns."

"Du har blivit väldigt duktig på att formulera dig. Du pratar helt annorlunda. Låter så vuxen."

"Jag är någon annan nu."

"Ja, jag hör det."

"Och så skriver jag en massa. Ingen har lagt märke till det. Även om foto alltid kommer vara min huvudgrej så är skriva min nästa sak att utforska. Jag skriver säkert tusen ord om dagen i min dagbok."

"Du kan bli copywriter. Det är bra betalt om du är duktig."

"Arbetarbiet talar igen."

"Bzzz. Du är så stingslig!"

"Ha. Tönt!"

"Mäh, tönt kan du va!"

"Din mamma kan vara tönt!"

För en stund hade jag nästan lett åt käbblandet med Henrik. Sedan påmindes jag om att vi fortfarande inte hade hört nåt från min mamma.

Henrik såg hur mitt humör förändrades igen.

"Är du säker på att du inte vill åka hem...?"

"Jag ska fan inte åka hem. Nån hade ringt om det hade hänt nåt. Jag ska stanna här. Hon får skämmas när hon väl ringer. Jag tar bussen direkt till skolan i morgon."

"Du gör som du vill."

"Det är klart jag gör. Och nu vill jag vila mig. Jag går till mitt rum en stund."

"Det är ölen du blir trött av."

"Jo, tack, jag vet."

"Godnatt!"

"Jag ska inte sova, jag vill se den där filmen på teve ikväll, klockan nio."

"Då väcker jag dig."

Jag stängde dörren efter mig och ångrade att jag druckit den där ölen.

Gränsfall

När jag öppnade ögonen visste jag inte var jag befann mig. Jag kände inte igen rummet. Allt kändes konstigt. Jag var svettig och rädd. Säker på att något hemskt hade hänt. Försökte komma ihåg vad, men allt var diffust som en dröm. Allt var bara kaos. Jag trodde ett tag att hela min underkropp var borta. Sen fick jag av mig täcket och såg benen. Ett svagt minne av skärande smärta i magen. Och så blod.

Utan att känna mig riktigt medveten klev jag upp. Jag vet inte om jag faktiskt var vaken eller fortfarande drömde. Det var jobbigt att andas och jag kände ett tryck över bröstet. Kläderna satt fel och stramade åt. Klämde ihop obehagligt i skrevet som om nån dragit upp shortsen för hårt. Det värkte i magen. Kanske hade jag feber också.

Jag var väldigt törstig så jag lämnade det främmande rummet och kom ut i en liten hall. Jag var i ett litet hus och hittade snabbt köket. Tog ett glas ur diskstället och drack det snabbt. Drack lite till. Fyllde magen.

På något sätt fick jag känslan av att jag var hemma. Men jag visste att det här var fel hemma och att något hade hänt min mamma.

Då insåg jag att det var någon främmande i huset.

Det var någon som inte hörde hemma här. Först var det bara en känsla. Som om jag anade en skugga i ögonvrån. Sedan hörde jag ljudet av fingrar som knackade på ett tangentbord. Någon satt och skrev på en dator.

Ljudet kom från rummet bortanför det där jag hade legat i sängen. Sakta smög jag dit. Kände att jag behövde se vem det var. Vem hade nyckel hit och kunde komma in utan att jag märkte det?

Det var en man i fyrtioårsåldern som satt med stora hörlurar framför en stor datorskärm och skrev. Jag undrade kort om det fanns några bra spel installerade på datorn. Hade jag inte suttit och spelat innan jag somnade?

Mannen var helt fokuserad på sin text och såg mig inte. Jag kände inte igen honom. Han såg otäck ut. Det var som om hans mänskliga utseende dolde något som fanns därunder. Ett vitt och skrovligt skinn skymtade under den solbrända huden.

Skräcken och hjärtslagen jag känt innan jag klev upp kom tillbaka. Fick känslan av att något som inte gick att göra ogjort var på väg att hända. Något skulle snart vara för evigt. På något sätt var jag säker på att jag snart skulle dö. Eller att mannen framför mig skulle dö. Eller att vi egentligen redan var döda båda två och var fångade i det här huset utan att kunna återvända till livet.

Knattrandet från tangenterna tystnade och mannen stirrade rakt in i den vit-gröna blomstermönstrade tapeten bakom skärmen. Som om han satt och funderade över vad han skulle skriva härnäst.

Något skiftade inom mig och jag började sakta känna igen honom. Ju mer jag såg honom, desto mer bekant. Nånstans inom mig visste jag vem han var. Kanske kunde han hjälpa mig att vakna ordentligt.

Kanske kunde han ge mig ett par byxor som inte var blodiga.

Att befinna sig på båda sidorna av vakenhet och dröm samtidigt var obehagligt. Jag kände inte igen mina egna tankar. De var ihopblandade och underliga. Det var inte riktigt jag som kontrollerade dem längre. De tänkte som de ville. De tänkte på saker jag inte riktigt förstod.

Och hela tiden den molande värken i magen som inte gick komma undan. Skulle den aldrig sluta?

Då började mannen skriva igen och jag undrade om

jag ändå, trots möjligheten att få hjälp, kanske borde backa ut ur rummet innan han upptäckte mig. Jag ville lägga mig i sängen igen, somna djupt och sen vakna helt normalt istället. Då skulle jag nog vara hemma istället för på den här konstiga platsen. Mamma kunde laga frukost och jag kunde dra ut med mina kompisar och cykla till sporthallen och spela innebandy som vanligt på söndagar.

Inom mig reagerade något på den tanken. Jag kände det som ett ilande i ryggen. Som om någon stod bakom mig. Plötsligt kunde jag inte röra mig. Jag var som en docka som lydde order.

"*Heee...*", hörde jag en röst väsa fram.

Jag kände hur jag rörde på munnen. Läpparna, tungan och stämbanden formade ljud. Men det var inte min röst. Den var mer som innan jag kom i målbrottet. Jag blev för ett ögonblick rädd att jag kanske fortfarande var elva år och bara drömde att jag blivit äldre, drömde att jag gått igenom puberteten, drömde att jag blivit ihop med Johanna när vi åkte till fjällen med klassen på sportlovet och att vi sen hade gömt oss i pingisrummet sent på kvällen och gjort det, drömde att hon gjort slut med mig nu alldeles innan det var dags för sommarlov. Eller hade jag verkligen varit tillsammans med Johanna? Nej, det måste ha varit en dröm.

Och om allt det hade varit en dröm så kanske jag också hade drömt att det klättrade in två svarta skuggor genom mitt fönster på andra våningen och...

"*Henrik*", ropade rösten ur min mun. "*Hjälp mig, det är något fel på mig!*"

Mannen ryckte till när han hörde min röst och reste sig upp ur stolen. Råkade dra loss hörlurarna med sladden så de slamrade ner på golvet.

"Vem är du", frågade mannen och såg sig omkring som om han letade efter en förklaring.

"Vem fan är durå", frågade jag tillbaka så kaxigt jag kunde. Ville inte visa hur rädd jag var. Nu lät min röst mer som den brukade. Lite lugnare fortsatte jag med att fråga: "Vet du var min mamma är?"

"Jag heter Henrik. Är du en kompis till Jessica?"

Något rörde sig i mig. Som om jag hade en person till inom mig. Jag var inte ensam i min kropp.

"*Jag är Jessica*", hörde jag mig själv säga med den konstiga rösten igen.

"Vad heter du sa du?"

"Jag är...", sa jag utan själv höra vad jag mumlade.

"Vem släppte in dig? Var är Jessica?"

"Det är ju du som tagit hit mig! Är du nån jävla psycho gubbe, eller? Vad fan vill du?"

"Ta det lugnt nu", sa mannen och höjde händerna som för att försöka lugna mig. Men jag genomskådade honom och kände en ilning utefter ryggraden. Tänkte att han var på väg att anfalla mig.

"Rör mig inte din jävel", ropade jag och kände adrenalinet slå till. Jag kastade mig mot honom och grep tag i hans ena arm. Slet ner honom på golvet medan jag bet honom i armen.

Han skrek och försökte komma undan men jag höll honom i ett hårt grepp. Kände smaken av blod sippra in i munnen. Hela min kropp vibrerade av kraft och jag förstod att jag var starkare än mannen under mig.

Makten över honom fick mig att svälla. Det var som om jag hade två bilder av honom. Dels var han en fientlig man och dels var han någon jag drogs till, var nyfiken på, hade känslor för. Någon jag kunde kontrollera. Jag ville slå honom och samtidigt dra av honom byxorna och förnedra honom. Jag ville kuva honom, få honom att underkasta sig mig, få honom att ligga still på golvet och erkänna min dominans över honom.

Det var mycket förvirrande.

Min tvekan gjorde att mannen lyckades slita sig loss och sedan försökte han fly ut ur rummet.

"Jessica", ropade han mot dörren. "Vad är det som händer?"

Jag var snabb och smidig. Hoppade nästan fram och tryckte ner honom på mage på golvet. Mina händer kändes som klor och när jag fick grepp om byxlinningen slet jag utan ansträngning sönder hans byxor och skjorta.

Det svartnade för ögonen på mig och jag förlorade kontrollen över min kropp. Allt var som ett suddigt töcken och det kändes som om jag drömde igen. Jag var instängd i en svart säck och kastades omkring helt handlöst medan det kändes som någon ryckte fram och tillbaka med ett hårt grepp om mitt kön.

Medan den kaotiska drömmen fortsatte var jag livrädd att min mamma skulle komma upp till mitt rum för att väcka mig. Tänk om jag sparkat av mig täcket och låg där med kuken hård och framme. Så jävla pinsamt det skulle vara.

Sen blev det ännu värre. Det kändes som om jag pissade i sömnen. Vätska rann ur mig och jag kämpade för att hålla emot utan att kunna hejda det. Jag skämdes så mycket att jag vaknade.

Fast jag var fortfarande i den främmande stugan. Mannen låg fortfarande på golvet framför mig. Och jag var helt naken.

Men det stämde ändå inte. Det var inte jag som var där. Hela kroppen var fel. Jag kände att det inte var min kropp. Formerna var inte rätt. Mina händer såg inte ut som mina händer. Mitt hår var alldeles för långt. Mina bröst var helt uppsvällda, som en på en tjej, och på något konstigt sätt kändes det som om min kuk hade expanderat inåt i kroppen istället för att svälla utåt.

Mannen låg stilla och andades. Han hade slutat skrika. Jag hörde att jag var andfådd och de små ljud av obehag som jag utstötte skapades av den där ljusa rösten jag hört tidigare. Det var en tjejröst.

Sakta vände mannen på huvudet och såg mot mig. Rädd och chockad. Ingen av oss visste riktigt vad som hänt. Jag kände inget hot längre. Kände bara hur jag ville sova. Fortsätta drömma, försvinna från den här platsen så jag kunde vakna upp hemma.

”Jessica?”

Mannen stirrade frågande på mig medan jag kände hur jag föll bakåt, bort från den konstiga kroppen jag befunnit mig i, och slutligen tappade kontakten med den fysiska världen.

Äntligen befriad från den obehagliga verkligheten.

Jag hoppades det skulle dröja länge innan jag behövde

drömma något så fruktansvärt igen.

Hellre blev jag kvar i det totala mörkret jag vilat i innan mardrömmen började.

När jag vaknade och var tillbaka i min säng i Henriks stuga visste jag genast att något var fel. Det gnisslade av någon sorts ångest i hela kroppen. Som om jag gjort något väldigt fel och visste att det nu var alldeles för sent att ångra mig.

Min dröm hade varit febrig och fragmentarisk, men kändes väldigt verklig. Jag hade drömt att jag var en kille och kastade av mig täcket och betraktade mig själv några sekunder för att se om det var något som var fel med min kropp. Sedan skyndade jag mig ut ur rummet och hörde hur teven stod på i det lilla vardagsrummet.

I fåtöljen satt Henrik och såg tomt på den blinkande teve-skärmen. Han rörde inte en min när jag kom in. Något hade hänt honom. Det såg jag på honom. Min känsla av annalkande katastrof speglades i hans ansikte.

"Henrik...", sa jag försiktigt utan att våga gå fram till honom.

Han svarade inte men jag såg att han hörde mig. Hela hans kropp spändes och han började andas snabbare. Jag kände lukten av rädsla sippra ur varenda vidöppen por på hans svettiga kropp. Andningen var full av ångest.

"Jag hade en konstig dröm...", började jag säga men blev avbruten av en kraftig snyftning från Henrik. Han började sedan gråta kraftigt. Samtidigt som det såg ynkligt ut fanns det något skört och vackert i det hela. Jag fascinerades på något sätt över hur bräckligt vacker han framstod med ansiktet allt kladdigare av tårar och snor.

Då upptäckte jag att jag själv också var kladdig här och där. Fast av mörkt, halvt levrat blod. Det kändes så absurt att jag började skratta. Då tystnade Henriks gråt och jag hörde bara hans väsande andetag.

På teven visades filmen jag egentligen hade tänkt se. Så främmande det kändes. Att jag tänkt att allt skulle vara normalt. Att Henrik och jag skulle se en film tillsammans. Äta popcorn och kommentera handlingen som vi brukade. Det var en overklig tanke. Det skulle aldrig hända igen.

"Det var du, eller hur", sa Henrik dämpat när han hämtat andan. "Det såg ut som en kille, men jag vet att det var du."

Jag visste inte vad jag skulle säga. Förmodligen hade han rätt. På något sätt hade jag gått ut ur drömmen och förstört honom.

"Jag är inte bara Jessica längre. Förlåt."

"Varför tog du med statyetten hit?"

"Jag vet inte... Vad menar du?"

"Det spelar ingen roll. Vet du, jag brukar tänka på Gabriella som min syster. Du är som min systerdotter. Ni har varit min familj. Jag har inga andra, vet du. Ingen släkt. Inga barn. Jag hade tänkt att du skulle få ärva mig. Jag har alltid bott för mig själv. Tjänat massor med pengar. Du skulle få alltihop. Jag har fixat stugan mest för att du gillar vara här. Du skulle få den."

"Jag har alltid önskat att du var min pappa istället för han som stack när jag var liten."

"Din pappa stack inte."

"Vad då?"

"Erik lämnade dig inte. Jag vet var han finns."

"Varför har du inte sagt något?"

"Det är din mamma som måste göra det."

"Berätta!"

"Nej."

"Snälla!"

"Det är för sent nu."

"Förlåt."

"Jag måste berätta för Gabriella vad som hänt."

"Måste du?"

"Ja."

"Då säger jag att det var *du* som gav dig på *mig*."

"Och hon kommer tro dig?"

"Det är klart. Jag är hennes dotter."

"Det är sant. Men du är även orsak till varför hon inte är tillsammans med din riktiga pappa längre. Hade inte du funnits så..."

"Det är inte sant."

"Hade inte du funnits så hade de varit tillsammans nu. Hon borde hata dig. Du bara förstör allt. Jag har lurat mig själv när jag brytt mig om dig. Du säger att du är empatisk, men egentligen är du ett svart jävla själviskt mörker. Och nu har du förstört mig också."

Hans ord högg mig i hjärtat och nu var det jag som grät tysta tårar.

Hur skulle jag kunna berätta att det inte var jag som hade gjort det. Att det var något främmande som fanns i min kropp? Att jag slukat en pojkes hjärta och nu aldrig blev av med honom? Det var omöjligt att förklara. Jag förstod det inte ens själv. Så det fanns inget mer att säga.

Utan ett ord gick jag in på toaletten och låste dörren efter mig. Som om den kunde skydda mig från omvärlden.

Eller hade Henrik kanske rätt?

Var det omvärlden som behövde skyddas från mig?

Helt tom i huvudet duschade jag av mig och återvände till mitt sovrum. Eller nu kanske det inte var mitt sovrum längre. Jag skulle aldrig vara välkommen här igen.

Jag visste inte riktigt vad som var verkligt längre.

Förmodligen somnade jag igen.

Kanske hoppades jag att Henrik skulle döda mig medan jag sov. Då skulle jag slippa allt det som var på väg att hända.

Om jag ändå vaknade skulle det vara måndag och då skulle jag behöva konfrontera Veronica i skolan.

Allt kändes förvirrat och rörigt.

Kanske var det jag som var Veronica? Kanske hade jag glömt byta tillbaka när vi gjorde familjebytet.

Kanske var det jag som var självisk och ond?

Vem av oss behövde skyddas från den andre?

Sjätte delen

Främmande

Till slut blev det måndag morgon igen. Och trots alla fruktansvärda upplevelser under helgen så levde jag fortfarande. Det var sista skolveckan innan sommarlovet och dags för den stora traditionella avslutningskonserten i kyrkan senare under dagen. Den Elias hade övat inför hela våren.

Efter det förödande samtalet med Henrik kvällen innan hade vi inte pratat mer med varandra. Istället försvann jag in i en dröm där oändligt vitt ljus svepte iväg mig till en plats där jag tyckte mig se min mamma vandra runt en otydlig, mörk silhuett som låg under en cirkel av tolv starkt lysande svävande klot. Jag ropade på henne men hon hörde mig inte. Jag rörde mig mot henne, men kom aldrig fram. Det fanns alldeles för många osynliga skikt mellan oss.

Istället hörde jag en bäbisröst. Den jollrade först och sedan höjde den rösten. Men den skrek inte. Varken skrek eller grät. Den gjorde något annat. Det lät konstigt, men jag tror den försökte sjunga för mig. Som för att trösta mig. Den försökte trösta mig, men saknade ord.

När jag vaknade grät jag. Inget blir som man tänkt sig. Hela det här livet, som skulle bli så bra, vart har det fört mig? Var fanns min familj med trygghet och glädje? Var fanns ett vanligt liv? Var fanns den där flickan som en gång i tiden var jag?

Busshållplatsen låg lite drygt tio minuter ner längs vägen från stugan. Jag gick i god tid. Lämnade den större packningen i hallen och tog det viktigaste i axelväskan. Ville bara bort från stugan. Ville bort från Henrik. Bort från min mamma och hennes dåliga förklaring till varför hon lämnat mig. Hon hade lovat att vi skulle hitta varandra igen. Resa tillsammans. Men jag tvivlade.

Jag ville bara bort från allt.

Medan jag stod vid busskuren och väntade fick jag flashbacks från det jag och Veronica hade gjort vid den där andra busshållplatsen på lördagskvällen. Vissa minnesbilder var väldigt tydliga. Så mycket blod. Och allt hade känts så rätt. Som om det var enda gången jag verkligen varit mig själv. Jag ville tillbaka till den fullständiga kontrollen.

På något sätt blev jag arg. Varför hade jag plötsligt så dåligt samvete? Varför hade jag låtit Henrik krypa under mitt skinn kvällen innan, när jag hade bestämt mig för att inte lyssna på någon? När jag visste att ingen hade makt över mig längre? Varför lät jag min mammas uppförande påverka mig?

Jag behövde gå vidare. Jag kunde inte låta mig hållas tillbaka av en otrygg och oförstående familj längre. Jag behövde få vara mig själv utan att behöva låtsas vara någon jag inte är längre. Folk går omkring och låtsas vara någon de inte är hela livet bara för att det är enklast så. Jag vill inte göra något bara för att det är enkelt. Det jag gör ska vara sanningen. Jag vill inte uppfylla folks förväntningar. Hur jobbigt det än blir. Jag vill inte låtsas längre. Kan inte leva som någon jag inte är. Det är dags att jag tar kontroll över den här mardrömmen som kallas liv och slutar tänka på alla andra istället för mig själv.

En svart bil jag kände igen passerade hållplatsen, men jag hann inte se vem som körde. Det spelar ingen roll. Ingen betyder något för mig hädanefter. Jag är den enda. Jag och Veronica. Och de andra Uridim Lili som Melia hade sagt fanns därute. Så fort skolan var över skulle jag som sagt söka upp dem.

De skulle förstå mig när ingen annan gjorde det.

Mina tumlande tankar avbröts när jag kände en svag, underlig lukt driva mot mig. Den blev allt starkare och jag undrade varför jag kände igen den.

Samtidigt som jag såg en kostymklädd man med hatt närma sig längs vägen mindes jag varifrån jag kände igen lukten.

Källaren i ödehuset och korridorerna utanför verkligheten. De var fyllda av samma doft som jag kände nu.

På något sätt kände jag igen mannen också. Ett kort grått skägg syntes medan resten av ansiktet doldes av skuggan under hattens brätte. Det kändes som han hade ett tvetydigt leende på läpparna därinne i mörkret.

Det var inte riktigt mögeldoft jag kände. Men jag tänkte på någon sorts jordiga svampar när han kom närmare. Jag blev plötsligt väldigt hungrig. Tanken på att sätta tänderna i en stor köttig svamp fick mig att börja salivera.

Mannen var på väg mot hållplatsen. Det såg jag på hans steg. Jag låtsades att jag inte såg honom men kände egentligen att jag ville smaka på honom. Bita djupt i den oskyddade halsen i gränslandet mellan skuggan under hatten och den svarta kostymen. Jag ville veta om hans kött var trådigt och proteinrikt som en svamp. Men jag behärskade mig.

Kanske var mannen en av bönderna nere i byn. Det var kanske han som producerade de närodlade champinjonerna vi brukade köpa. Det var nog därför jag kände igen doften. Det behövde inte vara konstigare än så.

När han började prata och jag kände hans andedräkt förstod jag att det var mycket värre än jag trodde.

Han var inte ett byte. Han var något fientligt. Ett annalkande hot.

"Jessica", sa han med sitt sneda leende. "Du heter Jessica, eller hur?"

"Det ska du skita i", sa jag kort. Redo för en konfrontation.

"Jag tror du har en massa frågor jag kan svara på."

"Nej tack, jag är inte intresserad."

Mannen stelnade till lite men försökte att inte låtsas om det. Jag kände hur han sipprade ångor av något mycket dåligt ur munnen. Alla varningssignaler i mig utlöstes. Detta var en mycket farlig man.

"Du har varit med om något utöver det vanliga och jag vill hjälpa dig."

"Du kan hjälpa mig genom att lämna mig ifred."

"Men jag vill berätta..."

"Du, nu känner jag igen dig. Du är gubben som var på rejvet i ödehuset. Vad fan gjorde du där? Var du där och tafsade på unga tjejer som du är gammal nog att vara farsa åt? Ditt jävla äckel! Du kan dra åt helvete!"

Den hastiga vreden som vällde upp inom mig var försvar genom attack. Jag trodde inte på det jag sa, men skrek det sista så häftigt att jag spottade saliv över honom. Vi stirrade på varandra under några långa ögonblick. Jag såg hur han funderade på hur han skulle fortsätta. Förmodligen hade han bara tänkt prata med mig. Men mitt hårda motstånd fick honom att ändra taktik. Ögonen smalnade och leendet hade försvunnit.

Innan han fick tid att förändras från inställsam till hotfull förekom jag hans eventuella handlingar och knuffade honom ifrån mig så hårt jag kunde med båda händerna.

Han höll sig på fötter men stapplade bakåt några meter innan han återfick balansen och rätade på ryggen. Han hade hamnat vänd bort från mig och stod kvar så. Vred bara sakta på huvudet och betraktade mig med intensiv blick.

Jag stod bredbent med nävarna hårt knutna. Tänderna ihoppressade. Kände hur det pirrade och darrade i hela kroppen. En del av mig ville inget annat än att kasta sig över honom och slita honom i stycken.

Men det här var inte rätt tillfälle. Jag hörde hur bussen var på väg runt kröken. Den skulle vara här om mindre än en minut. Hade mannen tajmat så att den skulle komma efter att han fått säga det han ville? Så att den skulle avbryta mig om jag blev hotfull? Var det därför han inte svarade på min utmaning?

Jag rättade till mina kläder och vände mig mot bussen medan jag försökte låta så nonchalant jag kunde.

"Jag är ledsen, gubbe. Mig har du ingen makt över."

Hela hans kropp spändes och jag trodde för ett ögonblick att han trots allt skulle anfalla mig. Istället väste han några främmande ord mellan tänderna:

"Kalbu šegû!"

Sedan släppte han mig med blicken och gick tillbaka samma väg som han hade kommit.

Bussen mullrade in och stannade med sina ansträngda väsningar vid hållplatsen. Jag klev med skakande ben ombord och satte mig långt bak.

När bussen började rulla och jag tittade ut genom fönstret var mannen försvunnen.

Förlorad i tankar försökte jag förstå vad mötet innebar. Jag visste redan att jag och Veronica inte var de enda köttätarna.

Mannen i hatten hade inte luktat som en människa.

Han representerade något annat.

Något helt främmande.

Vad finns det mer därute?

Skåphallen

När jag kom till skolan hade första lektionen redan börjat. Jag ville inte gå in och bli utstirrad medan jag försökte förklara varför jag var sen inför hela klassen. Så jag gick mot sofforna vid våra elevskåp där jag kunde vänta in nästa lektion. Om nån frågade tänkte jag säga att jag missat bussen.

Medan jag gick genom korridorerna insåg jag att det var ovanligt tomt i hela skolan. Jag såg varken lärare eller elever nånstans. Många dörrar stod öppna och det var tomt i klassrummen. Jag var tvungen att dubbelkolla på telefonen så att det verkligen var måndag.

När jag väl såg någon kändes det helt overkligt. Det var en flicka som närmade sig i korridoren. Jag kände igen hennes ansikte, men uppfattade inte hennes doft, den var ogripbar, som om hon var en hallucination.

Till slut insåg jag att det var Therese Liljencrantz som småsprang mot mig. Hon som avbrutit mig och Veronica i duschrummet för en månad sen.

"Jessica", ropade hon oväntat vänligt. "Är du här?"

"Ja", svarade jag. "Vad är det som pågår? Var är alla?"

"Jag vet inte. Det är nån samling i aulan. Rektorn har kallat dit alla. Jag var på toa. Följer du med mig dit?"

"Vad handlar det om?"

"Ingen aning. Men alla ska dit. Kommer du?"

"Nej. Jag har ingen lust. Jag väntar i skåphallen tills det är färdigt."

"Du borde, det var visst väldigt viktigt. Nåt har hänt. Lät allvarligt."

"Jag skiter i det. Har du sett Veronica idag?"

Therese såg fundersam ut och log sedan igen.

"Ja, hon är här. Hon gick till aulan. Vi måste skynda oss dit!"

"Nä, jag stannar här säger jag ju. Hälsa Veronica att jag vill prata med henne."

"Hon vill nog att du kommer dit också."

"Nej", sa jag skarpt. "Bara hälsa henne."

"Okej. Men du... Förresten... Jag ville bara säga, jag skulle aldrig ha avbrutit dig och Veronica den där gången i duscharna. Det var inte rätt. Jag såg ju att Veronica var fastspänd med buntbanden. Jag borde ha vänt så ni fick vara i fred. Hon blev så besviken när du släppte in mig. Och alla rykten jag och Liam spred sen. Det var ju elakt av oss. Av mig. Jag borde ha lämnat er ifred."

"Det gör inget. Gå nu."

Hon såg obeslutsam ut men hade samtidigt så bråttom att hon inte kunde stanna längre. Medan hon försvann i korridoren på väg mot aulan kom jag fram till skåphallen och sjönk ner i en av sofforna.

Väggarna var dekorerade med konstverk skapade av eleverna. Där hängde färggranna målningar och förstoringar av svartvita fotografier. Några av dem var mina. Min favorit var den där jag manipulerat en bild så den såg ut som ett vidsträckt landskap på en främmande planet. Ingen anade att horisonten egentligen var en roterad och bearbetad närbild av Veronicas blygdläppar. Väldigt rebelliskt, tyckte vi då.

Det kändes som ett helt annat liv.

Skolan, fotograferingen, lekarna med Veronica.

Allthop kändes så barnsligt. Jag var en helt annan människa nu. Jag var uppvaknad. Jag pratade annorlunda. Skrev annorlunda i dagboken. Tänkte annorlunda. Hur skulle jag kunna fortsätta gå i skolan? Hur skulle jag kunna låtsas lyda lärarna nu när jag visste bättre än dem?

Deras värld var en bubbla. En falsk liten värld. De var fångade i dess ytspänning. För mig hade världen brustit.

Jag måste bort, som sagt. Det var allt jag kunde tänka på. Ge mig iväg från den här staden. Från det här livet. Jag måste göra något annat. Jag måste få vara den jag är och det kan jag aldrig vara här. Alla förväntningar och förutfattade meningar från mina föräldrar, lärare, klassen – alla tror att de vet vem jag är. Det binder mig, hindrar mig, kväver mig. Jag måste bort härifrån helt enkelt. Så fort som möjligt. Efter den här veckan är läsåret slut. Då kan jag ge mig iväg. Fem dagar till kan jag försöka klara.

Fem dagar till friheten. Det kändes skönt att veta. Allt ordnar sig. Jag kände mig nästan glad över tanken. Slappnade av lite. Snart skulle jag vara fri.

Jag tog upp mobilen och ringde min mamma. Tänkte låtsas att jag ville prata om resan hon lovat mig bara för att få höra hennes röst. Ville få lite trygghet för att orka igenom dagen.

Signalerna gick fram men jag fick inget svar. Oron från alla försök att ringa henne under helgen kom tillbaka. Det var något som pågick. Jag fick en konstig, stickande känsla i hela kroppen.

Då ringde jag till Karl istället. Jag vet inte varför. Om inte jag visste vad mamma höll på med så visste inte han heller. Jag var så trött på att vi allihop hade hemligheter för varandra. Jag önskade att vi bara var en vanlig familj. Var det för mycket begärt? Varför kunde jag inte ha fått vara normal istället? Varför måste jag genomlida allt detta?

Först trodde jag inte att Karl skulle svara heller. Det gick fram många obesvarade signaler. Men precis när jag tänkte ge upp hörde jag plötsligt hans röst.

”Ja, det är Karl”, sa han med sin jobbröst. Förmodligen satt han i lugn och ro på kontoret och fattade inte hur kämpigt jag och mamma hade det.

Vad skulle jag säga till honom? Vi som aldrig pratade med varann. Hur skulle jag kunna förklara?

"Ja... det är Jessica", sa jag till slut. Det kändes som om det var någon annan som pratade med min mun och jag bara lyssnade. "Vet du var mamma är? Jag har försökt ringa henne."

"Nä", svarade han ointresserat. "Hon är väl på jobbet."

Såklart. Jag borde ha ringt dit först.

"Hon har inte kommit dit än", ljög jag. "Henrik svarar inte heller", lade jag till som om jag behövde förklara varför jag inte kollat med honom.

Jag visste ju att jag aldrig skulle kunna ringa Henrik igen.

Men Karl ställde inga frågor. Han brydde sig inte om mig.

"Du, jag står lite illa till, kan jag ringa upp dig senare", sa han mer som en uppmaning än en fråga.

Det var kanske mitt eget fel att det blivit så. Han hade ju försökt nå mig medan jag bara vägrade. Kanske det hade varit bättre om jag accepterat honom? Det hade blivit fel alltihop. Det var nog i själva verket mitt fel att vi inte var en normal familj.

Det kändes som om jag ville be honom om ursäkt. Men jag visste inte hur. Vad skulle jag kunna säga för att förklara mitt beteende alla dessa år?

Han höll dessutom på med något annat nu. Kanske var det bättre att vänta. Så jag hann tänka ut vad jag ville säga.

"Ja, gör det", svarade jag på hans icke-fråga. "Hälsa

mamma att ringa mig direkt om du hör av henne, lova
det."

"Det ska jag göra. Ta hand om dig nu så ringer jag
senare", sa Karl med avlägsen röst och sedan bröts samtalet tvärt. Han sa inte ens hej innan han lade ifrån sig
telefonen. Så mycket betydde jag för honom.

Tankarna virvlade runt så snabbt i huvudet på mig att
jag knappt fick någon ordning på dem. Alltihop var för
mycket, bara för mycket. Hur skulle det gå att få ordning
på allt? Hur skulle jag göra för att få ett vanligt liv?

Sakta gled jag längre ner i soffan och rörde mig in i
nån sorts halvsömn där jag både tänkte mina egna
tankar och drömde samtidigt.

Samtidigt som jag tyckte mig läsa en underlig bok där
i soffan så var jag även med som en rollfigur i bokens
berättelse. Rörde mig i en förvirrande stad med smala
gränder och långa gångtunnlar. Allt var fel och jag ville
bara hitta tåget som skulle ta mig hem. Förmodligen
hade det bara gått några minuter innan jag ryckte till och
vaknade upp ordentligt igen.

Jag började salivera redan innan jag insåg att jag
kände doften av blod. Någonstans i närheten fanns färsk
livsvätska och jag kände hur det pirrade till av instinktiv
glädje i bröstet på mig. Som om jag var hungrig och
plötsligt kände doften av nylagad mat.

Doften kom från någon av toaletterna och jag skyndade mig förbi de långa raderna med orange skåpdörrar.
Stannade framför handikapptoan. Dörren var olåst men
jag kände att det fanns någon därinne. Någon färsk, men
död.

Jag öppnade dörren. Lampan var tänd. På golvet låg en kropp. Överallt blod – golvet, väggarna, toastolen, handfatet, den krossade spegeln.

Kläderna var sönderslitna och någon hade bitit loss köttet på armarna. Bröstkorgen var uppbruten, organ utslitna, hjärtat uppätet.

Tarmarna upphängda som girlanger över lysröret ovanför spegeln.

En stor hög med pappersservetter. Någon hade torkat sig ren innan hon lämnade scenen. Eller förresten, det var inte *någon*. Jag visste att det förstås bara fanns en person som kunde ha gjort detta.

Om jag kände efter kunde jag ana Veronicas doft som fortfarande dröjde sig kvar därinne.

Likets kroppsdoft var också bekant. Men jag var tvungen att vrida på det relativt oskadade huvudet och stryka undan det långa håret innan jag förstod vem det var.

Det var Therese.

Samma Therese som jag mött i korridoren bara några minuter tidigare.

Som varit på väg till aulan.

Jag förstod att den verkliga Therese redan då låg söndertagen och död härinne.

Det hissnade i magen på mig. Som om jag föll handlöst ner i en bottenlös avgrund.

Den Therese jag hade mött var egentligen någon annan.

Veronica hade ätit hennes hjärta.

Jag suckade. Alltid när jag börjar bli glad över något

faller det sönder i kaos.

Jag hade kvar min nyckel till Veronicas skåp och därinne hittade jag fodralet med Thanica-nålarna – nyss använda och fortfarande blodiga.

Stoppade alltihop i min axelväska och började springa.

Jag förstod vad som var på väg att hända.

Jag ville bara försvinna därifrån.

Låtsas att jag inte visste.

Det var för stort.

Det var rent vansinne.

Hela skolan var samlad i aulan.

Hur skulle jag kunna stoppa henne?

Aulan

Det tog bara någon minut att springa till huvudbyggnaden där aulan låg. Hur länge hade jag suttit i soffan? Förmodligen hade det bara gått lite drygt tio minuter sedan Veronica gick dit.

Något stod inte rätt till. Hur hade hon kunnat äta Therese här i skolan? Hur kunde hon tro att ingen skulle upptäcka det och komma efter henne? Hur kunde hon handla så självdestruktivt?

Fan också. Den jävla horan. Jag hade haft rätt. Jag visste att hon inte skulle tänka sig för. Vi hade fått en fantastisk gåva och nu slösade hon bort den genom att förstöra alltihop för oss. Om hon blev avslöjad skulle jag också bli det. Det kunde jag inte tillåta.

Jag var tvungen att stoppa henne.

På vilket sätt som helst.

När jag kom fram såg jag att handtagen till aulans dubbeldörrar var ordentligt ihopsatta med flera svarta buntband. Samma sort som de jag brukade sätta fast henne med. Vi köpte dem i påsar om hundra och hon hade hälften hos sig. Eftersom de inte går öppna när man väl dragit åt dem så man måste klippa upp dem. Men såklart hade jag lämnat multitången jag brukade ha i väskan hemma när jag åkte till stugan. Jag kunde alltså inte ta mig in den vägen.

Dörren i bakre ändan av aulan verkade igensatt från insidan så jag sprang vidare uppför trappen till läktaren. Även den var spärrad. Hon hade varit noggrann. Det var i och för sig bra. Då hade hon kanske varit upptagen så länge att hon ännu inte hunnit göra något dumt därinne.

Var kunde jag hitta en sax? I en hel jävla skola måste det väl finnas en sax! I biblioteket förstås. Men det skulle ta flera minuter fram och tillbaka. Då kunde det vara för sent. Om hon hann börja äta av människorna därinne fanns det inget jag kunde göra för att stoppa henne.

För några ögonblick fokuserade jag på min hand. Försökte få den att bli vass och skarp, förvandla fingrarna till klor, så jag kunde slita sönder buntbanden. Men det lyckades inte. Jag kunde inte göra det om jag inte var på rätt humör.

Jag hade behövt använda Thanica-nålarna för att starta förvandlingen. Men det fanns ingen tid till det nu. Jag måste lösa situationen snabbt. Annars skulle vi båda jagas, fångas och fängslas. Om vi väckte så här mycket uppseende skulle vi aldrig kunna hålla oss undan.

Hon höll på att förstöra våra liv.

Var det kanske det hon ville?

Jag mindes vad jag tänkte när jag stod på bryggan. Rösten som sa att alla måste dö. Jag hade också velat det. Att hela världen skulle brinna. Så något bättre kanske kunde växa ur det.

Men nu trodde jag inte på det längre. Det var en barnslig fantasi om förnyelse som en Fenix. Det funkar inte så. Vi har bara en chans på oss att göra det rätt. Vi har bara ett liv. Det går inte starta om. Det är samma liv som fortsätter, fast sämre. Vi får göra så gott vi kan.

Då mindes jag att det faktiskt fanns ännu en väg in i aulan. Det fanns en dörr till rummet bakom aulans scen. Den brukade alltid vara låst men om rektorn hade tagit den vägen, som var närmare när han kom från lärarrummen, kanske den fortfarande var olåst. Hade jag tur kanske Veronica inte hade tänkt på den.

Jag sprang och kände mig som vanligt varken andfådd eller svettig. Det var verkligen behagligt att springa. Jag som aldrig gillat idrott. Nu skulle jag vinna allt som hade med löpning att göra. De skulle bli imponerade av mig. De skulle bli förvånade. Mamma skulle bli glad och vilja att jag följde med och tränade på gymmet.

Redan när jag kom runt hörnet såg jag dörren stå på glänt. Jag kände även värmen och doften av människor, många fler än aulan var byggd för att innehålla, sippra ut till backstage-rummet.

En liten trapp ledde upp till dörren på högra sidan av scenen. Även den stod öppen och jag stannade där för att se vad som pågick ute i aulan.

Mitt på scenen, med ryggen mot mig, stod rektorn och pratade i en mikrofon. Intill honom stod skolans kurator. Längre till vänster stod två kostymklädda män jag inte kände igen.

Själva salen var överfylld av lärare och elever som satt i stolarna och stod ihopträngda längs väggarna. Även läktaren var fylld av folk som stod upp.

Förmodligen var det femhundra personer i lokalen. Kanske ännu fler, jag vet inte.

Ändå såg jag henne direkt. Eller rättare sagt, jag kände lukten av henne omedelbart. Även om hon fortfarande såg ut som Therese så luktade hon nu utan tvekan som Veronica. Hon stod lite till vänster, en bit framför scenen.

Hon stod och betraktade rektorn intensivt. Hennes ögon var annorlunda. Omänskliga. Det var en köttägares ögon. Hon fokuserade på bytet. Rektorn skulle dö först. Armarna höll hon i kors men jag såg hennes vassa fingrar sticka ut. Jag förstod att hon inte skulle kunna stå emot förvandlingen mycket länge till. Särskilt inte med så mycket kött som frestade runt henne.

Hennes tillstånd började göra något även med mig. Kanske utsöndrade hon något sorts signalferomoner som jag plockade upp. Kanske var det bara situationen som gjorde det. Men jag kände hur det började pirra i händerna och jag var tvungen att svälja gång på gång. Jag kände hur tanken på allt pulserande kött i lokalen började locka även mig.

Det fanns inte mycket tid kvar längre.

Rektorn pratade förstås med allvarlig röst om att vår

klasskamrat Liam Andersson och hans mamma hade blivit mördade under natten till söndag. Att gärningsmannen fortfarande var på fri fot. Att om nån visste eller hade sett något skulle de berätta för polisens utredare.

Åhörarna såg chockade ut. Det hade aldrig varit så tyst vid en samling i aulan. Liam hade varit populär. Alla visste vem han var.

Allt kändes väldigt overkligt i det ögonblicket.

Hade jag och Veronica verkligen dödat Liam?

Var Veronica verkligen på väg att anfalla rektorn?

Tänkte hon verkligen döda alla i lokalen?

Om hon just ätit den riktiga Therese var hon hög och full av kraft från det färska blodet. Jag visste hur det kändes. Dessutom hade jag sett hennes frenesi när hon anföll människorna i bussen. Hon skulle utan tvekan kunna döda alla som inte hann ut ur aulan.

Och hon hade blockerat utgångarna.

Vad skulle jag göra?

Tiden kändes utdragen som en evighet. Som om makterna bortom vår vanliga verklighet själva överlade om vad som skulle hända.

Var det här verkligen mitt ansvar att rädda?

Varelserna som fanns bortom passagen, i dödshuset, bortom, som förvandlat oss, hade inte de mer makt än mig? Brydde de sig inte om konsekvenserna? Det var ju ändå de som släppt lös köttätarna i oss. Kunde inte de hindra henne?

Men inget hände. Inga makter ingrep.

Det var bara jag och hon.

Och en aula full med människor.

Hon stod och darrade i musklerna medan hon försökte behärska sig. Varför stod hon fortfarande och lyssnade på vad rektorn sa? Vad väntade hon på? Varför gav hon inte efter och försvann i ett kaos av kött och blod?

Då såg jag att hon kastade korta blickar på de två okända männen på sidan av scenen och plötsligt förstod jag att det var poliserna som rektorn hade pratat om.

Var de beväpnade?

Det skulle vara det enda jag kunde tänka mig höll Veronica tillbaka trots att hon var så nära att gå över gränsen. Hur starka och snabba vi än hade blivit så skulle en kula eller två från en pistol förmodligen stoppa oss.

Men var svenska civilklädda poliser verkligen beväpnade? Eller var det bara på film? Jag visste inte själv och Veronica hade definitivt ingen koll. Hon var ganska naiv. Hon skulle mycket väl kunna förutsätta att de båda männen hade axelhölster dolda under kavajerna.

Kanske kunde jag utnyttja detta. Fanns det något mer jag kunde använda för att övertala henne?

Hennes föräldrar. Såklart. Hur kaxig hon än kunde vara mot alla andra så vågade hon aldrig säga emot dem. Särskilt hennes mamma hade makt över henne.

Poliserna och föräldrarna alltså. Det var vad jag hade att jobba med. Fanns ingen tid att tänka längre. Dags för handling.

Jag gick sakta in på sidan av scenen och kände hur allas ögon riktades mot mig. Rektorn kom av sig när han förlorade kontakten med åskådarna och följde deras blickar mot mig.

Veronicas allt svartare ögon skrek tydligt åt mig att jag skulle hålla mig undan och inte störa. Hon öppnade sina korsade armar och jag såg tydligt att hennes händer nu var långt ifrån mänskliga.

När jag kom fram till scenkanten insåg jag att det inte fanns något sätt att ta sig ner från den höga scenen. Det var så trångt bland åhörarna att jag inte kunde hoppa ner utan att landa på någon.

Jag var istället tvungen att gå mitt över scenen mot den vänstra sidan där det fanns en trappa. Tidigare hade jag dött av skam över att under fullständig tystnad bli utstirrad av så många. Nu hade jag full fokus på Veronicas reaktion istället.

"Jessica, vad är det med dig", hörde jag Lena, skolkuratorn, fråga diskret bakom mig.

Vi kände varandra efter många långa samtal och jag förstod att hon ville väl. Men hon störde min plan. Jag vände mig mot henne. Förstod att jag faktiskt såg ganska skärrad ut. Det var jag var ju också. Hundratals liv vilade i mina händer. Mitt och Veronicas liv hängde på vad jag gjorde.

"Lita på mig", mumlade jag fram. Jag var helt upptagen med att fundera på vad jag skulle säga när jag kom fram till Veronica och hade ingen möjlighet att förklara.

"Har det hänt dig något", fortsatte Lena.

"Nej... Det är... Det är Therese...", sa jag och såg mot Veronica som stod där och såg ut som Therese. Allas blickar följde min. Alla tittade på henne. Hon såg överrumplad ut. Var inte heller van att bli utstirrad av så många samtidigt. Verkade obeslutsam nu när det inte gick som hon tänkt sig. Jag förstod att hon i det där tillståndet, när hon såg ut som någon annan, inte kunde tänka särskilt klart. Kanske skulle hon gå att övertala.

Jag förstod nu att jag aldrig skulle kunna ta mig fram genom allt folk och prata ansikte mot ansikte med henne. Så istället tog jag mikrofonen från rektorn och innan någon hann reagera fångade jag Veronicas blick och började prata.

"Du, Niki, ta det lugnt nu. Du behöver inte vara orolig. Polisen är här och ser till att inget otäckt händer. De är beväpnade, så var inte rädd. Vi ska gå härifrån nu. Dina föräldrar är här. Anneli och Björn är här. De är här för att hämta dig. Din mor ville att jag skulle säga till dig."

Min hjärna gick på högvarv. Vad skulle jag säga? Skulle jag nämna Elias konsert i kyrkan som vi faktiskt skulle åka till? Fast hon och Elias var inte särskilt nära varandra. Hon var nog avundsjuk på hans talang och de bråkade till och med ibland. Skulle jag kanske bara nämna kyrkan? Hon hade respekt för kyrkan, det visste jag, indoktrineringen från hennes föräldrar satt djupare än hon ville erkänna. Hon var fortfarande rädd för Jesus.

"Vi ska till kyrkan. Kommer du ihåg? Du har ju lovat dina föräldrar. De vill att du kommer nu."

Hon såg nu ut att vara mer bekymrad och förvirrad än hotfull och jag tog det som ett tecken på att jag var på rätt spår.

Skulle jag förstärka polisernas närvaro igen eller skulle det bara göra henne upprörd? Kanske skulle det ge henne en acceptabel utväg att ångra sig utan att förlora ansiktet inför mig? Om hon hade en bra anledning att backa behövde hon inte framstå som en fegis. Det var så hon tänkte. Jag kände henne.

"Polisen är här som sagt. Det som hände Liam kan inte hända igen. Det kommer de se till. De har vapen och kan ta hand om någon är hotfull. Du förstår vad jag menar."

Jag träffade rätt. Hon sneglade på poliserna igen. Hennes kroppshållning förändrades.

Bakom mig hade Lena närmat sig.

"Jessica", viskade hon. "Vad är det som pågår?"

Jag höll undan mikrofonen och gav henne en blick fylld av så mycket intensivt allvar jag kunde och hoppades att hon skulle lita på mig.

"Snälla", viskade jag. "Alla kommer att dö om jag inte får ut henne."

På något sätt lyckades jag få Lena att förstå. Som om jag med min blick övertygade henne om att det jag sade var sant. Gissade hon att det hängde ihop med mordet? Eller såg hon också att det var något fel på den alla trodde var Therese?

Visste kanske hela salen på något undermedvetet sätt att deras liv var i fara? Var det därför ingen annan gjorde något? Kände de också, utan att förstå det, den hotfulla doften av rovdjuret som stod mitt bland dem? Satt de blickstilla som harar för att undgå upptäckt?

"Kom så åker vi till kyrkan. Anneli väntar på dig, vi får inte bli sena", sa jag i mikrofonen och pekade mot scendörren. När jag nämnde Veronicas mamma tog hon ett steg framåt och jag tecknade att hon skulle komma upp via den lilla trappan på sidan av scenen.

Samtidigt flyttade Lena diskret poliserna längre bort på scenen så att de inte skulle stå så hotfullt nära scenkanten.

De lärare och elever som stod i vägen framför Veronica flyttade sig instinktivt och skapade en passage där hon kunde ta sig fram med tveksamma steg.

Hon såg ut att vilja stanna några steg från scenen. Mitt hjärta hoppade över ett par slag. Men sedan ökade hon på stegen igen. Ögonen och ansiktet klarnade något. Hon såg nu rakt på mig.

"Tack", sa hon och kämpade för att låta normal. "Vad bra. Jättebra att du kom. Jag tänkte mig inte för. Det är klart vi ska till kyrkan. Så får polisen jobba vidare här. Vi ska inte störa mer. Ursäkta."

Lättad tog jag hennes hand när hon kom upp på scenen och drog henne med mig mot utgången.

Hennes grepp om min hand var så hårt att jag trodde hon skulle krossa den. Det gjorde fruktansvärt ont. Men jag låtsades inte om det utan fortsatte ut genom scendörren.

Jag lyckades få igen dörren bakom oss och vände mig mot henne. Såg att hon log. Men det var inte ett vänlig leende. Det var bara munnen som log, inte ögonen. Hela hennes ansikte hade förändrats. Nu såg hon ut som sig själv igen.

Vi stirrade på varandra medan jag började svettas av smärtan i handen. Jag kände aggressionen växa. Smärtan och hotet triggade mig. Snart skulle jag inte kunna stå emot förvandlingen längre. Jag ville bara slita loss hennes grepp med våld. Bita henne tills hon släppte.

Hon såg förändringen i mig och släppte handen precis innan jag gav efter.

"Jessica", sa hon. "Du glömmer väl inte poliserna därute?"

"Nejdå, men det gjorde visst du."

"Hur skulle jag kunna veta att de skulle vara med på samlingen?"

"Varför gick du inte bara därifrån?"

"Jag har satt igen alla dörrarna."

"Tur du missade en då. Kom nu. Vi måste härifrån."

"Är mamma och pappa verkligen här?"

"Nej. Men vi ska till konserten. Vi har lovat."

"Vi gör väl som vi vill nu."

"Men jag vill gå dit."

"Okej. Då är det okej. Då åker vi dit."

Vi sprang ner över skolgården och jag hoppades att vi skulle hinna bort till hållplatsen vid Kyrkparken och ta oss ombord på en buss innan någon hittade Thereses söndertrasade kropp i skåphallen.

Kyrkogården

Finklädda människor rörde sig över kyrkogården. Föräldrar och barn började samlas inför avslutningskonserten. Förväntansfulla och glada. Elias skulle sjunga sitt solonummer. Det såg jag fram mot. Och så hoppades jag att musiken skulle ha en lugnande effekt Veronica.

Vi hängde vid en mur en bit bort från kyrkan medan vi väntade på att konserten skulle börja. Veronica hade varit tyst hela bussresan och koncentrerat sig på att hålla förvandlingen under kontroll.

"Hur mår du", frågade jag.

"Bra", ljög hon. Jag såg hur hon fortfarande kämpade. Hon var både berusad efter att ha ätit Therese och uppjagad efter att ha varit på gränsen till en massaker i skolans aula.

"Jag tänker åka bort när skolan är slut", sa jag för att föra henne bort från tankar på blod och våld. "Den här stan är för liten. För trång. Jag vill se nåt större. Vill du följa med?"

Hon såg förvånad ut.

"Vill du det?"

"Annars skulle jag inte fråga."

"Jag är inte din ägodel längre."

"Men du är min vän."

"Det kan inte bli som det var."

"Det vet jag. Det blir nåt nytt istället."

"Jag... Det har gått så fort. Jag vet inte. Det är så rörigt."

"Vi åker bort och hittar ett nytt perspektiv."

"Det var så lugnt och tryggt. När du hade kontroll kunde jag hålla rastlösheten och det ständiga skriket inom mig under kontroll. Det var bra."

"Det var det."

"Men vi har förstört det nu. Allt går sönder. Jag känner hur jag snurrar utom kontroll. Det bara brusar och vrålar i huvudet. Allt jag kan tänka på är hur mycket jag vill slita sönder kroppar och äta kött."

"Vi kan kontakta den där tjejen, Melia. Hon kan lära

oss mer. Vi kan få det under kontroll."

"Det kan ändå aldrig bli som det var. Fan. Om vi inte hade gått till det där jävla huset. Då hade allt varit lugnt nu. Varför sa du inte nej?"

"Till vad?"

"Att vi skulle gå till rejvet. Du gillar ju inte ens att dansa."

"En måste ju prova."

"Hade du sagt nej hade buntbanden suttit runt mina armar nu istället för aulans dörrar. Då hade jag inte blivit en svart jävla demon som vill ta sönder hela världen. Då hade jag varit mitt bästa jag. Då hade jag varit fokuserad och klar."

Hon tittade upp på mig med tårar rinnande.

"Då hade jag inte behövt döda dig."

"Vad menar du?"

"Du vill inte ha mig nu när vi är jämlika. Du behöver bestämma. Och jag är bortom kontroll. Rösterna bara skriker nu. Du kan inte tysta dem åt mig längre. Det kommer inte funka. Jag kommer bara gå och önska att allt ska bli bra. Som det var förut. Och du kommer försöka ta kontroll över mig igen. Men det kommer aldrig hända. Det går inte. Då kan jag lika gärna förstöra alltihop nu direkt. Så slipper jag längta efter något som är omöjligt. Och du kommer försöka stoppa mig."

"Men vi kan ställa det tillrätta. Jag kan ordna upp allt."

"Hur då?"

"Jag vet inte, men jag hittar ett sätt."

"Det är för sent. Du kan inte laga mig. Jag är för trasig. Vi är för trasiga."

"Jag vill försöka."

"Sluta, Essi. Bara sluta. Det är över."

"Men..."

"Efter konserten ses vi aldrig mer. Då kommer du att vara död för mig."

Vi var tysta flera minuter.

Jag förstod att hon hade rätt.

Vi satt tillsammans för sista gången.

Jag ville säga förlåt, men visste inte riktigt för vad. För allt jag gjort. För allt jag inte gjort. För alla gånger jag inte räckt till. För alla missförstånd och misstag. För att jag inte kunde ta hand om henne. För att jag inte kunde ställa allt tillrätta.

Jag ville röra vid henne. Hålla henne i mina armar en sista gång. Men nöjde mig med att lägga min hand över hennes.

Hon lät den ligga kvar.

Vi som hade stått varandra så nära. Det hade inte gått en dag utan att vi varit tillsammans eller pratat på något sätt. Hon var den enda som förstått mig.

Nu skulle jag bli ensam igen. Som innan vi träffades.

Och mitt eget kaos skulle växa. Precis som hennes. Hon kämpade för att hålla något inne medan jag kämpade för att hålla världen ute. Vi hade balanserat varandra. Hållit varandra över ytan. Hon hade rätt. Utan varandras stöd skulle allt falla sönder runt oss igen.

Tillbaka till psykolog och terapisamtal som inte ledde nånstans.

Tillbaka till psykiatrin och avtrubbande medicinering.

In i en bedövad tillvaro utan känslor.

Vår värld hade visst också varit en bubbla.

Nu sprack den och försvann.

Jag stirrade tomt framför mig och såg Anneli och Björn leende komma mot oss över kyrkogården.

Kyrkklockorna började ringa.

Det var dags att gå in i kyrkan.

Konserten skulle strax börja.

Kyrkofrid

Kristendom doftar stearin. I alla fall för mig. Hela kyrkan var fylld med lukten av brinnande ljus. Det hela hade påmint om luciafirande om det inte hade varit för alla svettiga människor. Folk svettas inte på samma sätt mitt i vintern.

Nu var det istället en varm sommardag och alla var klädda i fina men alldeles för varma kläder. För mig kändes det som att vara i en ladugård. Omgiven av den påträngande stanken av boskap.

Oändligt långsamt vallades vi förbi byggnads-ställningarna, genom den pågående renoveringen av vapenhuset och sen allt djupare in i själva kyrkorummet under ett dämpat men förväntansfullt sorl. De slamrande maskinerna från när jag tjuvkikade på Elias några veckor tidigare stod nu tysta.

Kyrkbänkarna var hårda och trånga som spiltor.

Ingen misstänkte att bland alla de svettiga fåren satt två förklädda vargar. Båda på gränsen till att förvandla kyrkan till ett slakthus.

Allt snurrade inom mig. Ett suddigt mörker av ogrip-bara tankar som vägrade lägga sig till ro. Jag hade verkligen trott att det skulle gå att ordna upp allt. Att jag skulle hitta en lösning i sista sekunden. Att allt skulle bli bra.

Nu var jag till slut tvungen att acceptera att det inte skulle gå.

Det var ingen mening att ångra sig. Det var ändå för sent att ändra något nu. Allt var som det var.

Jag var tvungen att stoppa Veronica.

Hon var trots allt mitt ansvar.

En kvinna längst fram vid koret hälsade oss välkomna. Hon pratade om förändring och årstidernas gång. Om att bli vuxen och att vara en del av en församling. Jag hade svårt att koncentrera mig. Fantiserade om hur många människor jag skulle behöva tömma för att fylla hela dopfunten med blod.

Konserten började med någon sorts inledning, vad heter det, en ouvertyr, med några stråkinstrument och piano. Sedan ställde sig kören upp och vi sveptes in som i en annan värld.

Sångerna som följde var vackra, sakrala och gripande. Känslorna i mig tumlade runt. Så mycket hade hänt. Det skulle ta länge innan jag förstod vidden av allt. Innan jag kunde förstå mig själv igen. Det emotionella tumultet inom mig gjorde att det blev allt svårare att tänka klart.

Efter ytterligare några sånger gick Elias fram till pianot och plötsligt var det bara han och pianisten som syntes. Antingen dämpades ljuset runt honom eller så var det mitt synfält som smalnade av. Som om jag var på väg att svimma.

Pianots ackord var enkla. Elias röst var klar och ren.

"Vater unser, im Himmel, geheiligt werde deine Name."

Samtidigt som han började sjunga började jag gråta.

Kontrasten mellan den sublima sången och det bittra mörker som virvlade inom mig skar i mitt hjärta.

Han strålade och sjöng så innerligt.

Hela min kropp bultade så hårt att det kändes som om mitt inre skulle rämna när som helst.

Sångens naiva och ljusa oskuldsfullhet blev en spegel som visade mig mitt eget svarta och fördärvade jag.

Elias var ett lysande helgon som visade mig vad jag hade blivit. Jag var inte en människa längre, det visste jag, men att jag skulle vara en högre utvecklad varelse var en lögn, det förstod jag nu, när jag hade hans sång att jämföra med.

Jag var förkroppsligat sönderfall.

Det enda jag kunde skapa var våld och död.

Min känsla av att vara en sammanhängande person, ett kontinuerligt jag, bröts upp i fragment inom mig.

Jag har inget förflutet, jag har ingen framtid.

Allt har varit ett evigt och flyktigt nu.

Mitt liv har varit en lång rad ögonblick av kaos.

Insikten fick mina tårar att rinna och jag sveptes bort i en suddig värld.

Musiken tog fysisk form som ett dussin små figurer av ljus som svävade i en cirkel runt mig.

Jag omgavs av änglar som försökte nå mig.

Men min motbjudande svarta sörja av negativitet stötte bara bort dem.

Jag hade dödat Liam och ätit hans hjärta.

Vilken fruktansvärd handling.

Så djuriskt. Så smutsigt.

Och det jag gjort mot Henrik. Så vidrigt.

Hur skulle jag nånsin kunna sona det?

Jag förstod att det hade varit meningslöst för mig att försöka rädda Veronica.

Det var ju mig själv jag behövde rädda.

Och det hade jag inte förstått förrän nu när det var för sent.

Elias lycka skar sönder mig.

Allt brast och jag kände vansinnet välla upp inom mig.

De tolv änglarna runt mig svävade allt närmare och rörde vid mig med strålar av ljus.

Jag kände mina fingrar klösa loss stora flisor ur kyrkbänken jag satt i.

Jag kände hur jag saliverade igen. Hur mina tänder växte. Hur min andning blev allt djupare. Kaosvarelsen trängde ut ur min hud.

Snart skulle jag inte vara Jessica längre.

Det var inte som när vi använde nålarna för att koncentrera oss. Den här förvandlingen var bortom all kontroll. Den var mycket djupare. Mer primal. Det främmande som fanns i mig tog över.

Jag höll händerna över munnen för att dämpa det morrande som växte långt bak i halsen på mig.

Mina mänskliga tankar trycktes undan.

Med min sista fria vilja reste jag mig upp och flydde ut längs mittgången i kyrkorummet.

Det sista jag såg genom mina tårar var hur Elias blundade och sjöng den gripande finalen på sin sång. Sedan passerade jag genom dörrarna längst bak i salen och tog mig ut i kyrkans vapenhus.

Därefter tog köttätaren i mig vid.

Även om det var skumt i rummet blev allt runt mig med ens skarpt och tydligt.

Men insvept i en röd slöja av raseri och galenskap.

Jag hörde dörrarna öppnas och stängas bakom mig.

Någon hade följt efter mig ut i mörkret.

Det var Veronica.

Hon kom för att döda mig.

Precis som hon hade sagt så många gånger.

Vi hade nått slutet.

Inget varar för evigt.

Allt faller sönder.

Epilog

Inne i kyrkan fortsatte konserten utan att någon märkte när de två flickorna lämnade den. Musiken var sakralt vacker och gripande. De vibrerande strängarna, luften i orgelns pipor och körens röster vävdes ihop och skapade illusionen av att ovanpå den vanliga världen fanns en existens som var vackrare och mer harmonisk.

Motsatsen till detta eteriska himmelrike var mörkret i det smutsiga och fysiska helvete vars portar öppnade sig ute i vapenhuset. Här var allt konkret och närvarande.

De två unga kvinnorna befann sig i ett evigt nu. Intensivt koncentrerade på varandra. Det fanns inte längre någon högre hjärnverksamhet inom dem – allt var reducerat till blixtsnabba instinkter och reflexer.

De kämpade för sina liv. Och det fanns ingen nåd längre.

Väsande och morrande kastade de sig mot varandra i utfall och brutala attacker mellan byggnadsställningarna vid den öppnade grå stenväggen och de nyrenoverade och vitkalkade väggarna.

Vitt som grått – väggarna täcktes av mörkrött blod när kött revs upp och trasades sönder av vassa klor.

Vassa tänder penetrerade hud, sjönk djupt in i förändrade kroppar och sargade, slet sönder kött för att dricka blod som gav kraft till nya utfall.

Det var inte längre två människor som tumlade runt. Det var två rovdjur som kämpade skoningslöst för att till varje pris segra. Två mörka odjur, två svarta bestar, kladdiga av mörk livsvätska, rullade runt i smuts och byggdamm.

De verkade jämnstarka ända tills den enda slöt sina käftar över den andras armbåge och lyckades slita loss så mycket kött att underarmen plötsligt bara hängde och dinglade i senorna. Vad som verkade ha pågått i en evighet var i själva verket över på några få minuter.

Varelsen som förlorat armen fortsatte snabbt att förlora del efter del av sin kropp. Ögon, ansikte, brösten, den andra armen – allt revs sönder, tills innanmätet hängde ut ur den uppslitna magen och hon föll livlös ner på golvet.

Ett sprucket vrål från segraren dränktes av musiken utifrån långhuset.

Det var en primitiv triumf; hon ledde flocken nu.

Instinktivt kastade hon sig över sin orörliga motståndare.

Den före detta flickan åt sin före detta bästa vän.

Slukade glupskt, kände makten och värmen uppfylla henne.

Kampen hade kryddat köttet.

Trängde djupt in med de vassa klorna för att komma åt det eftertraktade hjärtat – själva essensen av den döda vännens väsen.

Det var bättre än något hon någonsin ätit tidigare.

Segern smakade gott, segern smakade liv.

Lyckan som fyllde henne fick henne att törsta efter mer.

Men det skulle komma fler tillfällen att äta och dricka.

Extasen tonade ner och hon började sakta återfå en mänsklig form. Kött från en annan köttätare var uppenbarligen väldigt kraftfullt och gjorde förvandlingen enklare att kontrollera. Hjärtat gav henne makt.

Hon städade snabbt undan resterna efter striden. Hällde hink efter hink med vatten över väggar och golv.

Tvättade av sig själv inne på toaletten.

Justerade sitt djuriska ansikte.

Liknade återigen en människa.

Studerade fascinerat ansiktet hon såg i spegeln.

Lät upprymdheten klinga av ytterligare innan hon återvände till kyrkbänken.

Kom tillbaka lagom för att höra konsertens storslagna avslutning och sedan applådera.

Hon vinkade ivrigt till Elias med ett strålade lyckligt leende.

Han log lika lyckligt och vinkade tillbaka till sin syster.

De var båda euforiska.

Hon efter sin strid, han efter sin solosång.

En varsin kamp de fört hade nått sin kulmen.

Och nu var det över.

Applåderna dog sakta ut och publiken började lämna kyrkan – uppfyllda av förundran över vad de upplevt.

Ovetande om att en flicka saknades.

Ovetande om att byggnadsarbetare nästa dag skulle gjuta in resterna av en sargad kropp under några lösa stenar i norra väggen när de fortsatte renoveringen av kyrkans vapenhus.

Ovetande om att det gick en köttätare mitt ibland dem.

Tidigare i denna romansvit

Ett sprucket kärl

"Smärtan trängdes undan från hennes medvetande för ett ögonblick och det enda som fortfarande existerade i hennes värld var det gråtande spädbarnet hon försökte skydda i sina armar. Vad som än hände skulle hon inte sluta springa förrän de var i säkerhet."

Gabriella håller på att tappa greppet om tillvaron. Mörkret och rastlösheten växer inom henne medan maken är upptagen med karriären och dottern är på väg att bli vuxen.

I ett försök att få familjen att hitta tillbaka till varandra hamnar Gabriella i en obehaglig härva av lögner och hot som istället för henne djupare in i sönderfallet.

Utgiven 2020 | 256 sidor | ISBN: 9789178510542

Tidigare i denna romansvit

Alla bär en skugga

"Plötsligt låg Karl klarvaken. Något hade väckt honom ur hans oroliga sömn och han förstod att det inte bara var ödehusets förfallna väggar som knakade. Det var något som rörde sig därute i nattmörkret. Trots att han hade blockerat ytterdörren hörde han långsamma fotsteg komma uppför trappan. Paniken kröp över honom. Nu kunde han inte längre fly. Det var någon mer i huset."

Karl kommer till ett gammalt hus som är lika övergivet och förfallet som honom själv. Där tänker han försöka reda ut vad som gick snett tio år tidigare när han lämnade sin trygga tillvaro som mäklare och hamnade utanför samhället.

Men ju mer desperat han försöker konfrontera konsekvenserna av sitt handlande, både nu och i det förflutna, desto längre trängs han in i gränslandet mellan hopp och förtvivlan av den mörka sanning som obevekligt förföljer honom.

Utgiven 2020 | 208 sidor | ISBN: 9789179695439